日子不慌不忙，
我们来日方长

季羡林 等 著

中国致公出版社

生活必须体验丰富的情感,把自己变成丰富,宽大,能优容,能了解,能同情种种「人性」,能懂得自己,不苛责自己,也不苛责旁人,不难自己以所不能,也不难别人所不能。

我摇着车在街上慢慢走,不急着回家。人有时候只想独自静静地待一会儿。悲伤也成享受。

哪一个母亲不曾是穿着羽衣的仙女呢?只是她藏好了那件衣服,然后用最黯淡的一件粗布把自己掩藏了,我们有时以为她一直就是那样的。

回过头去,你将望见那些向来不曾留恋过的境地,那些以前曾匆匆地吞嚼过的美味,那些使你低徊不已的情怀,以及一切一切。

目录

在我的世界里,
因为有你才更安心

壹

想我的母亲　　梁实秋·002·

合欢树　　史铁生·007·

父亲的病　　鲁　迅·012·

爸爸的花儿落了,
我也不再是小孩子　　林海音·019·

多年父子成兄弟　　汪曾祺·029·

今夜无眠相牵挂,
时光荏苒何时逢

贰

回到家里	张晓风 ·036·
我的三个弟弟	冰　心 ·044·
哭小弟	宗　璞 ·056·
风　筝	鲁　迅 ·064·
初　冬	萧　红 ·068·

沉思往事立残阳，
当时只道是寻常

叁

儿女	朱自清 ·074·
若子的病	周作人 ·084·
当幽默变成油抹	老舍 ·089·
母亲的羽衣	张晓风 ·095·
我的彼得	徐志摩 ·103·

人生需要好友，
一路同行微光亦暖

肆

给沫若　　　　　　　　郁达夫·112·

回过头去
——献给上海的诸友　　郑振铎·120·

致沈从文　　　　　　　林徽因·131·

我所见的叶圣陶　　　　朱自清·136·

我的良友
——悼王世瑛女士　　　冰　心·142·

愿有岁月可回首,
且以深情共白头

〈伍〉

最后的一天　　　　　许广平·156·

致杨之华信四封　　　瞿秋白·164·

她走了　　　　　　　梁遇春·170·

水样的春愁　　　　　郁达夫·174·

爱眉小札（节选）　　徐志摩·183·

此去唯有梦里见，
夜半梦回又是空

陆

宗月大师　　　　　　老舍·194·

我的一位国文老师　　梁实秋·199·

藤野先生　　　　　　鲁迅·205·

怀李叔同先生　　　　丰子恺·213·

沈从文先生在西南联大　汪曾祺·223·

> 默默无闻的小事中，
> 全是无私深沉的爱

柒

夜来香开花的时候　　季羡林·236·

记富奶奶
——一个高尚的人　　冰　心·250·

家德　　徐志摩·257·

无题（因为没有故事）老　舍·266·

- 梁实秋
- 史铁生
- 鲁迅
- 林海音
- 汪曾祺

壹

在我的世界里，
因为有你才更安心

想我的母亲

梁实秋

父母对子女的爱，子女对父母的爱，是神圣的。我写过一些杂忆的文字，不曾写过我的父母，因为关于这个题目我不敢轻易下笔。小民女士逼我写几句话，辞不获已，谨先略述二三小事以应，然已临文不胜风木之悲。

我的母亲姓沈，杭州人。世居城内上羊市街。我在幼时曾侍母归宁，时外祖母尚在，年近八十。外祖父入学后，没有更进一步的功名，但是课子女读书甚严。我的母亲教导我们读书启蒙，尝说起她小时苦读的情形。她同我的两位舅父一起冬夜读书，冷得腿脚僵冻，取大竹篓一，实以败絮，三个人伸足其中以取暖。我当时听得惕然心惊，遂不敢荒嬉。我的母亲来我家时年甫十八九，以后操持家务尽瘁终身，不复有暇进修。

我同胞兄弟姊妹十一人，母亲的劬育之劳可想而知。我记得我母亲常于百忙之中抽空给我们几个较小的孩子们洗澡。我怕肥皂水流到眼里，我怕痒，总是躲躲闪闪，总是咯咯地笑个不住，母亲没有工夫和我们纠缠，随手一巴掌打在身上，边洗边打边笑。

北方的冬天冷，屋里虽然有火炉，睡时被褥还是凉似铁。尤其是钻进被窝之后，脖子后面透风，冷气顺着脊背吹了进来。我们几个孩子睡一个大炕，头朝外，一排四个被窝。母亲每晚看到我们钻进了被窝，叽叽喳喳地笑语不停，便过来把油灯吹熄，然后给我们一个个地把脖子后面的棉被塞紧，被窝立刻暖和起来，不知不觉地就睡着了。我不知道母亲用的什么手法，只知道她塞棉被带给我无可言说的温暖舒适，我至今想起来还是快乐的，可是那个感受不可复得了。

我从小不喜欢喧闹。祖父母生日照例院里搭台唱傀儡戏或滦州影戏。一过八点我便掉头而去进屋睡觉。母亲得暇便取出一个大簸箩，里面装的是针线剪尺一类的缝纫器材，她要做一些缝缝连连的工作，这时候我总是一声不响地偎在她的身旁，她赶我走我也不走，有时候竟睡着了。母亲说我乖，也说我孤僻。如今想想，一个人能有多少时间可以偎在母亲身旁？

在我的儿时记忆中，我母亲好像是没有时候睡觉的。天亮就要起来，给我们梳小辫是一桩大事，一根一根地梳个没完。她自己要梳头，我记得她用一把抿子蘸着刨花水，把头发弄得锃光大亮。然后她要一听上房有动静便急忙前去当差。盖碗茶、燕窝、莲子、点心，都有人预备好了，但是需要她去双手捧着送到祖父母跟前，否则要儿媳妇做什么？在公婆面前，儿媳妇永远是站着，没有座位的。足足地站几个钟头下来，不是缠足的女人怕也受不了！最苦的是，公婆年纪大，不过午夜不安歇，儿媳妇要跟着熬夜在一旁侍候。她困极了，有时候回到房里来不及脱衣服倒下便睡着了。虽然如此，母亲从来没有发过一句怨言。到了民元前几年，祖父母相继去世，我母亲才稍得清闲，然而主持家政教养儿女也够她劳苦的了。她抽暇隔几年返回杭州老家去度夏，有好几次都是由我随侍。

母亲爱她的家乡，在北京住了几十年，乡音不能完全改掉。我们常取笑她，例如北京的"京"，她说成"金"，她有时也跟我们学，总是学不好，她自己也觉得好笑。我有时学着说杭州话，她说难听死了，像是门口儿卖笋尖的小贩说的话。

我想一般人都会同意，凡是自己母亲做的菜永远是最好吃的。我的母亲平常不下厨房，但是她高兴的时候，尤其是父亲亲自到市场买回鱼鲜或其他南货的时候，在父亲特烦之下，她也欣然操起刀俎。这时候我们就有福了。我十四岁离家到清华，每星期回家一天，母亲就特别疼爱我，几乎很少例外地要亲自给我炒一盘冬笋木耳韭菜黄肉丝，起锅时浇一勺花雕酒，这是我最喜欢的一道菜。但是这一盘菜一定要母亲自己炒，别人炒味道就不一样了。

我母亲喜欢在高兴的时候喝几盅酒。冬天午后围炉的时候，她常要我们打电话到长发叫五斤花雕，绿釉瓦罐，口上罩着一张毛边纸，湿热了倒在茶杯里和我们共饮。下酒的是大落花生，若是有"抓空儿的"，买些干瘪的花生吃则更有味。我和两位姐姐陪母亲一顿吃完那一罐酒。后来我在四川独居无聊，一斤花生一罐茅台当作晚饭，朋友们笑我吃"花酒"，其实是我母亲留下的作风。

我自从入了清华，以后和母亲在一起的时候就少了。抗战前后各有三年和母亲住在一起。母亲晚年喜欢听评剧，最常去的地方是吉祥，因为离家近，打个电话给卖飞票的，总有好的座位。我很后悔，我没能分出时间陪她听戏，只是由我的姐姐弟弟们陪她消遣。

我父亲曾对我说，我们的家所以成为一个家，我们几个孩子所以能成为人，全是靠了我母亲的辛劳维护。一九四九年以后，音讯中断，直等到恢复联系，才知道母亲早已弃养，享寿九十岁。西俗，母亲节佩红康乃馨，如不确知母亲是否尚在则佩红白康乃馨各一。如今我只有佩白康乃馨的份儿了，养生送死，两俱有亏，惨痛惨痛！

合欢树

史铁生

十岁那年,我在一次作文比赛中得了第一。母亲那时候还年轻,急着跟我说她自己,说她小时候的作文作得还要好,老师甚至不相信那么好的文章会是她写的。"老师找到家来问,是不是家里的大人帮了忙。我那时可能还不到十岁呢。"我听得扫兴,故意笑:"可能?什么叫可能还不到?"她就解释。我装作根本不再注意她的话,对着墙打乒乓球,把她气得够呛。不过我承认她聪明,承认她是世界上长得最好看的女的。她正给自己做一条蓝底白花的裙子。

二十岁,我的两条腿残废了。除去给人家画彩蛋,我想我还应该再干点别的事,先后改变了几次主意，最后想学写作。母亲那时已不年轻，为了我的腿，她头上开始有了白发。医院已经明确表示，我的病目前没办法治。母亲的全副心思却还放在给我治病上，到处找大夫，打听偏方，花很多钱。她倒总能找来些稀奇古怪的药，让我吃，让我喝，或者是洗、敷、熏、灸。"别浪费时间啦！根本没用！"我说，我一心只想着写小说，仿佛那东西能把残疾人救出困境。"再试一回，不试你怎么知道会没用？"她说，每一回都虔诚地抱着希望。然而对我的腿，有多少回希望就有多少回失望。最后一回，我的胯上被熏成烫伤。医院的大夫说，这实在太悬了，对于瘫痪病人，这差不多是要命的事。我倒没太害怕，心想死了也好，死了倒痛快。母亲惊惶了几个月，昼夜守着我，一换药就说："怎么会烫了呢？我还直留神呀！"幸亏伤口好起来，不然她非疯了不可。

后来她发现我在写小说。她跟我说："那就好好写吧。"我听出来，她对治好我的腿也终于绝望。"我年轻的时候也最喜欢文学。"她说。"跟你现在差不多大的时候，我也想过搞写作。"她说。"你小时候的作文不是得过第一？"她提醒我说。我们俩都尽力把我的腿忘掉。她到处去给我借书，顶着雨或冒了雪推我去看电影，像过去给我找大夫、打听偏方那样，抱了希望。

三十岁时,我的第一篇小说发表了,母亲却已不在人世。过了几年,我的另一篇小说又侥幸获奖,母亲已经离开我整整七年。

获奖之后,登门采访的记者就多。大家都好心好意,认为我不容易。但是我只准备了一套话,说来说去就觉得心烦。我摇着车躲出去,坐在小公园安静的树林里,想:上帝为什么早早地召母亲回去呢?迷迷糊糊的,我听见回答:"她心里太苦了。上帝看她受不住了,就召她回去。"我似乎得到一点安慰,睁开眼睛,看见风正从树林里穿过。

我摇车离开那儿,在街上瞎逛,不想回家。

母亲去世后,我们搬了家。我很少再到母亲住过的那个小院儿去。小院儿在一个大院儿的尽里头,我偶尔摇车到大院儿去坐坐,但不愿意去那个小院儿,推说手摇车进去不方便。院儿里的老太太们还都把我当儿孙看,尤其想到我又没了母亲,但都不说,光扯些闲话,怪我不常去。我坐在院子当中,喝东家的茶,吃西家的瓜。有一年,人们终于又提到母亲:"到小院儿去看看吧,你妈种的那棵合欢树今年开花了!"我心里一阵抖,还是推说手摇车进出太不易。大伙就不再说,忙扯些别的,说起我们原来住的房子里现在住了小两口,女的刚生了个儿子，孩子不哭不闹，光是瞪着眼睛看窗户上的树影儿。

我没料到那棵树还活着。那年，母亲到劳动局去给我找工作，回来时在路边挖了一棵刚出土的"含羞草"，以为是含羞草，种在花盆里长，竟是一棵合欢树。母亲从来喜欢那些东西，但当时心思全在别处。第二年合欢树没有发芽，母亲叹息了一回，还不舍得扔掉，依然让它长在瓦盆里。第三年，合欢树却又长出叶子，而且茂盛了。母亲高兴了很多天，以为那是个好兆头，常去侍弄它，不敢再大意。又过一年，她把合欢树移出盆，栽在窗前的地上，有时念叨，不知道这种树几年才开花。再过一年，我们搬了家。悲痛弄得我们都把那棵小树忘记了。

与其在街上瞎逛，我想，不如就去看看那棵树吧。我也想再看看母亲住过的那间房。我老记着，那儿还有个刚来到世上的孩子，不哭不闹，瞪着眼睛看树影儿。是那棵合欢树的影子吗？小院儿里只有那棵树。

院儿里的老太太们还是那么欢迎我，东屋倒茶，西屋点烟，送到我跟前。大伙都不知道我获奖的事，也许知道，但不觉得那很重要；还是都问我的腿，问我是否有了正式工作。这回，想摇车进小院儿真是不能了，家家门前的小厨房都扩大，过道窄到一个人推自行车进出也要侧身。我问起那棵合欢树。大伙说，年年都开花，长到房高了。这么说，我再看不见它了。我要是求人背我去看，倒也不是不行。我挺后悔前两年没有自己摇车进去看看。

我摇着车在街上慢慢走，不急着回家。人有时候只想独自静静地待一会儿。悲伤也成享受。

有一天那个孩子长大了，会想到童年的事，会想起那些晃动的树影儿，会想起他自己的妈妈，他会跑去看看那棵树。但他不会知道那棵树是谁种的，是怎么种的。

1985 年

父亲的病

鲁迅

大约十多年前罢，S城中曾经盛传过一个名医的故事：

他出诊原来是一元四角，特拔十元，深夜加倍，出城又加倍。有一夜，一家城外人家的闺女生急病，来请他了，因为他其时已经阔得不耐烦，便非一百元不去。他们只得都依他。待去时，却只是草草地一看，说道"不要紧的"，开一张方，拿了一百元就走。那病家似乎很有钱，第二天又来请了。他一到门，只见主人笑面承迎，道，"昨晚服了先生的药，好得多了，所以再请你来复诊一回。"仍旧引到房里，老妈子便将病人的手拉出帐外来。他一按，冷冰冰的，也

没有脉,于是点点头道,"唔,这病我明白了。"从从容容走到桌前,取了药方纸,提笔写道:

"凭票付英洋壹百元正。"下面是署名,画押。

"先生,这病看来很不轻了,用药怕还得重一点罢。"主人在背后说。

"可以。"他说。于是另开了一张方:

"凭票付英洋贰百元正。"下面仍是署名,画押。

这样,主人就收了药方,很客气地送他出来了。

我曾经和这名医周旋过两整年,因为他隔日一回,来诊我的父亲的病。那时虽然已经很有名,但还不至于阔得这样不耐烦;可是诊金却已经是一元四角。现在的都市上,诊金一次十元并不算奇,可是那时是一元四角已是巨款,很不容易张罗的了;又何况是隔日一次。他大概的确有些特别,据舆论说,用药就与众不同。我不知道药品,所觉得的,就是"药引"的难得,新方一换,就得忙一大场。先买药,再寻药引。"生姜"两片,竹叶十片去尖,他是不用的了。起码是芦根,须到河边去掘;一到经霜三年的甘蔗,便至少也得搜寻两三天。可是说也奇怪,大约后来总没有购求不到的。

据舆论说,神妙就在这地方。先前有一个病人,百药无效；待到遇见了什么叶天士先生，只在旧方上加了一味药引：梧桐叶。只一服，便霍然而愈了。"医者，意也。"其时是秋天，而梧桐先知秋气。其先百药不投，今以秋气动之，以气感气，所以……。我虽然并不了然，但也十分佩服，知道凡有灵药，一定是很不容易得到的，求仙的人，甚至于还要拼了性命，跑进深山里去采呢。

这样有两年，渐渐地熟识，几乎是朋友了。父亲的水肿是逐日利害，将要不能起床；我对于经霜三年的甘蔗之流也逐渐失了信仰，采办药引似乎再没有先前一般踊跃了。正在这时候，他有一天来诊，问过病状，便极其诚恳地说："我所有的学问，都用尽了。这里还有一位陈莲河先生，本领比我高。我荐他来看一看，我可以写一封信。可是，病是不要紧的，不过经他的手，可以格外好得快……。"

这一天似乎大家都有些不欢，仍然由我恭敬地送他上轿。进来时，看见父亲的脸色很异样，和大家谈论，大意是说自己的病大概没有希望的了；他因为看了两年，毫无效验，脸又太熟了，未免有些难以为情，所以等到危急时候，便荐一个生手自代，和自己完全脱了干系。但另外有什么法子呢？本城的名医，除他之外，实在也只有一个陈莲河了。明天就请陈莲河。

陈莲河的诊金也是一元四角。但前回的名医的脸是圆而胖的,他却长而胖了:这一点颇不同。还有用药也不同。前回的名医是一个人还可以办的,这一回却是一个人有些办不妥帖了,因为他一张药方上,总兼有一种特别的丸散和一种奇特的药引。

芦根和经霜三年的甘蔗,他就从来没有用过。最平常的是"蟋蟀一对",旁注小字道:"要原配,即本在一窠中者。"似乎昆虫也要贞节,续弦或再醮,连做药资格也丧失了。但这差使在我并不为难,走进百草园,十对也容易得,将它们用线一缚,活活地掷入沸汤中完事。然而还有"平地木十株"呢,这可谁也不知道是什么东西了,问药店,问乡下人,问卖草药的,问老年人,问读书人,问木匠,都只是摇摇头,临末才记起了那远房的叔祖,爱种一点花木的老人,跑去一问,他果然知道,是生在山中树下的一种小树,能结红子如小珊瑚珠的,普通都称为"老弗大"。

"踏破铁鞋无觅处,得来全不费工夫。"药引寻到了,然而还有一种特别的丸药:败鼓皮丸。这"败鼓皮丸"就是用打破的旧鼓皮做成;水肿一名鼓胀,一用打破的鼓皮自然就可以克伏他。清朝的刚毅因为憎恨"洋鬼子",预备打他们,练了些兵称作"虎神营",取虎能食羊,神能伏鬼的意思,也就是这道理。可惜这一种神药,全城中只有一家出售的,离我家就有五里,但这却不像平地木那样,必须暗中摸索了,陈莲河先生开方之后,就恳切详细地给我们说明。

"我有一种丹,"有一回陈莲河先生说,"点在舌上,我想一定可以见效。因为舌乃心之灵苗……。价钱也并不贵,只要两块钱一盒……。"

我父亲沉思了一会,摇摇头。

"我这样用药还会不大见效,"有一回陈莲河先生又说,"我想,可以请人看一看,可有什么冤愆……。医能医病,不能医命,对不对?自然,这也许是前世的事……。"

我的父亲沉思了一会,摇摇头。

凡国手,都能够起死回生的,我们走过医生的门前,常可以看见这样的匾额。现在是让步一点了,连医生自己也说道:"西医长于外科,中医长于内科。"但是 S 城那时不但没有西医,并且谁也还没有想到天下有所谓西医,因此无论什么,都只能由轩辕岐伯的嫡派门徒包办。轩辕时候是巫医不分的,所以直到现在,他的门徒就还见鬼,而且觉得"舌乃心之灵苗"。这就是中国人的"命",连名医也无从医治的。

不肯用灵丹点在舌头上,又想不出"冤愆"来,自然,单吃了一百多天的"败鼓皮丸"有什么用呢?依然打不破水肿,父亲终于躺在床上喘气了。还请一回陈莲河先生,这回是特拔,大洋十元。他仍旧泰然的开了一张方,但已停止败鼓皮丸不用,药引也不很神妙了,所以只消半天,药就煎好,灌下去,却从口角上回了出来。

从此我便不再和陈莲河先生周旋,只在街上有时看见他坐在三名轿夫的快轿里飞一般抬过;听说他现在还康健,一面行医,一面还做中医什么学报,正在和只长于外科的西医奋斗哩。

中西的思想确乎有一点不同。听说中国的孝子们,一到将要"罪孽深重祸延父母"的时候,就买几斤人参,煎汤灌下去,希望父母多喘几天气,即使半天也好。我的一位教医学的先生却教给我医生的职务道:可医的应该给他医治,不可医的应该给他死得没有痛苦。——但这先生自然是西医。

父亲的喘气颇长久,连我也听得很吃力,然而谁也不能帮助他。我有时竟至于电光一闪似的想道:"还是快一点喘完了罢……。"立刻觉得这思想就不该,就是犯了罪;但同时又觉得这思想实在是正当的,我很爱我的父亲。便是现在,也还是这样想。

早晨，住在一门里的衍太太进来了。她是一个精通礼节的妇人，说我们不应该空等着。于是给他换衣服；又将纸锭和一种什么《高王经》烧成灰，用纸包了给他捏在拳头里……。

"叫呀，你父亲要断气了。快叫呀！"衍太太说。

"父亲！父亲！"我就叫起来。

"大声！他听不见。还不快叫？！"

"父亲！父亲！！"

他已经平静下去的脸，忽然紧张了，将眼微微一睁，仿佛有一些苦痛。

"叫呀！快叫呀！"她催促说。

"父亲！！"

"什么呢？……不要嚷。……不……。"他低低地说，又较急地喘着气，好一会，这才复了原状，平静下去了。

"父亲！！"我还叫他，一直到他咽了气。

我现在还听到那时的自己的这声音，每听到时，就觉得这却是我对于父亲的最大的错处。

（十月七日）

爸爸的花儿落了，
我也不再是小孩子

林海音

新建的大礼堂里，坐满了人；我们毕业生坐在前八排，我又是坐在最前一排的中间位子上。我的襟上有一朵粉红色的夹竹桃，是临来时妈妈从院子里摘下来给我别上的，她说：

"夹竹桃是你爸爸种的，戴着它，就像爸爸看见你上台一样！"

爸爸病倒了，他住在医院里不能来。

昨天我去看爸爸，他的喉咙肿胀着，声音是低哑的。我告诉爸，行毕业典礼的时候，我代表全体同学领毕业证书，并且致谢词。我问爸，能不能起来,参加我的毕业典礼?六年前他参加我们学校的那次欢送毕业同学同乐会时,曾经要我好好用功,六年后也代表同学领毕业证书和致谢词。今天,"六年后"到了,老师真的选了我做这件事。

爸爸哑着嗓子,拉起我的手笑笑说:

"我怎么能够去?"

但是我说:

"爸爸,你不去,我很害怕。你在台底下,我上台说话就不发慌了。"

爸爸说:

"英子,不要怕,无论什么困难的事,只要硬着头皮去做,就闯过去了。"

"那么爸不也可以硬着头皮从床上起来到我们学校去吗?"

爸爸看着我,摇摇头,不说话了。他把脸转向墙那边,举起他的手,看那上面的指甲。然后,他又转过脸来叮嘱我:

"明天要早起,收拾好就到学校去,这是你在小学的最后一天了,可不能迟到啊!"

"我知道,爸爸。"

"没有爸爸,你更要自己管自己,并且管弟弟和妹妹,你已经大了,是不是?"

"是。"我虽然这么答应了,但是觉得爸爸讲的话很使我不舒服,自从六年前的那一次,我何曾再迟到过?

当我上一年级的时候,就有早晨赖在床上不起床的毛病。每天早晨醒来,看到阳光照到玻璃窗上了,我的心里就是一阵愁:已经这么晚了,等起来,洗脸,扎辫子,换制服,再到学校去,准又是一进教室被罚站在门边。同学们的眼光,会一个个向你投过来,我虽然很懒惰,却也知道害羞呀!所以又愁又怕,每天都是怀着恐惧的心情,奔向学校去。最糟的是爸爸不许小孩子上学坐车的,他不管你晚不晚。

有一天,下大雨,我醒来就知道不早了,因为爸爸已经在吃早点。我听着,望着大雨,心里愁得了不得。我上学不但要晚了,而且要被妈妈打扮得穿上肥大的夹袄(是在夏天!),和踢拖着不合脚的油鞋,举着一把大油纸伞,走向学校去!想到这么不舒服的上学,我竟有勇气赖在床上不起来了。

等一下,妈妈进来了。她看我还没有起床,吓了一跳,催促着我,但是我皱紧了眉头,低声向妈哀求说:

"妈,今天晚了,我就不去上学了吧?"

妈妈就是做不了爸爸的主意,当她转身出去,爸爸就进来

了。他瘦瘦高高的,站在床前来,瞪着我:

"怎么还不起来,快起!快起!"

"晚了!爸!"我硬着头皮说。

"晚了也得去,怎么可以逃学!起!"

一个字的命令最可怕,但是我怎么啦!居然有勇气不挪窝。

爸气极了,一把把我从床上拖起来,我的眼泪就流出来了。爸左看右看,结果从桌上抄起鸡毛掸子倒转来拿,藤鞭子在空中一抡,就发出咻咻的声音,我挨打了!

爸爸把我从床头打到床角,从床上打到床下,外面的雨声混合着我的哭声。我哭号,躲避,最后还是冒着大雨上学去了。我是一只狼狈的小狗,被宋妈抱上了洋车——第一次花五大枚坐车去上学。

我坐在放下雨篷的洋车里,一边抽抽搭搭地哭着,一边撩起裤脚来检查我的伤痕。那一条条鼓起来的鞭痕,是红的,而且发着热。我把裤脚向下拉了拉,遮盖住最下面的一条伤痕,我怕同学耻笑我。

虽然迟到了,但是老师并没有罚我站,这是因为下雨天可以原谅的缘故。

老师教我们先静默再读书。坐直身子,手背在身后,闭上眼睛,静静地想五分钟。老师说:想想看,你是不是听爸妈和老师的话?昨天的功课有没有做好? 今天的功课全带来了吗?早晨跟爸妈有礼貌地告别了吗?……我听到这儿,鼻子抽搭了一下,幸好我的眼睛是闭着的,泪水不至于流出来。

正在静默的当中,我的肩头被拍了一下,急忙地睁开了眼,原来是老师站在我的位子边。他用眼势告诉我,教我向教室的窗外看去,我猛一转过头,是爸爸那瘦高的影子!

我刚安静下来的心又害怕起来了!爸为什么追到学校来?爸爸点头示意招我出去。我看看老师,征求他的同意,老师也微笑地点点头,表示答应我出去。

我走出了教室,站在爸面前。爸没说什么,打开了手中的包袱,拿出来的是我的花夹袄。他递给我,看着我穿上,又拿出两个铜子儿来给我。

后来怎么样了,我已经不记得,因为那是六年以前的事了。只记得,从那以后,到今天,每天早晨我都是等待着校工开大铁栅校门的学生之一。冬天的清晨站在校门前,戴着露出五个手指头的那种手套,举了一块热乎乎的烤白薯在吃着。夏天的早晨站在校门前,手里举着从花池里摘下的玉簪花,送给亲爱的韩老师,她教我唱歌跳舞。

啊!这样的早晨,一年年都过去了,今天是我最后一天在这学校里啦!

当当当,钟响了,毕业典礼就要开始。看外面的天,有点阴,我忽然想,爸爸会不会忽然从床上起来,给我送来花夹袄?我又想,爸爸的病几时才能好?妈妈今早的眼睛为什么红肿着?院里大盆的石榴和夹竹桃今年爸爸都没有给上麻渣,他为了叔叔给日本人害死,急得吐血了,到了五月节,石榴花没有开得那么红,那么大。如果秋天来了,爸还要买那样多的菊花,摆满在我们的院子里、廊檐下、客厅的花架上吗?

爸是多么喜欢花。

每天他下班回来,我们在门口等他,他把草帽推到头后面抱起弟弟,经过自来水龙头,拿起灌满了水的喷水壶,唱着歌儿走到后院来。他回家来的第一件事就是浇花。那时太阳快要下去了,院子里吹着凉爽的风,爸爸摘下一朵茉莉插到瘦鸡妹妹的头发上。陈家的伯伯对爸爸说:"老林,你这样喜欢花,所以你太太生了一堆女儿!"我有四个妹妹,只有两个弟弟。我才十二岁……

我为什么总想到这些呢?韩主任已经上台了。他很正经地说：

"各位同学都毕业了，就要离开上了六年的小学到中学去读书，做了中学生就不是小孩子了，当你们回到小学来看老师的时候，我一定高兴看你们都长高了，长大了……"

于是我唱了五年的骊歌，现在轮到同学们唱给我们送别：

"长亭外，古道边，芳草碧连天。……问君此去几时来，来时莫徘徊！天之涯，地之角，知交半零落，人生难得是欢聚，唯有别离多……"

我哭了，我们毕业生都哭了。我们是多么喜欢长高了变成大人，我们又是多么怕呢！当我们回到小学来的时候，无论长得多么高，多么大，老师！你们要永远拿我当个孩子呀！

做大人，常常有人要我做大人。

宋妈临回她的老家的时候说：

"英子，你大了，可不能跟弟弟再吵嘴！他还小。"

兰姨娘跟着那个四眼狗上马车的时候说：

"英子，你大了，可不能招你妈妈生气了！"

蹲在草地里的那个人说：

"等到你小学毕业了，长大了，我们看海去。"

虽然，这些人都随着我长大没了影子了。是跟着我失去的

日子不慌不忙

童年也一块儿失去了吗?

爸爸也不拿我当孩子了,他说:

"英子,去把这些钱寄给在日本读书的陈叔叔。"

"爸爸!——"

"不要怕,英子,你要学做许多事,将来好帮着你妈妈。你最大。"

于是他数了钱,告诉我怎样到东交民巷的正金银行去寄这笔钱——到最里面的台子上去要一张寄款单,填上"金柒拾圆也",写上日本横滨的地址,交给柜台里的小日本儿!

我虽然很害怕,但是也得硬着头皮去。——这是爸爸说的,无论什么困难的事,只要硬着头皮去做,就闯过去了。

"闯练,闯练,英子。"我临去时爸爸还这样叮嘱我。

我心情紧张,手里捏紧一卷钞票到银行去。等到从高台阶的正金银行出来,看着东交民巷街道中的花圃种满了蒲公英,我高兴地想:闯过来了,快回家去,告诉爸爸,并且要他明天在花池里也种满蒲公英。

快回家去!快回家去!拿着刚发下来的小学毕业文凭——红丝带子系着的白纸筒,催着自己,我好像怕赶不上什么事情似的,为什么呀?

进了家门,静悄悄的,四个妹妹和两个弟弟都坐在院子里的小板凳上,他们在玩沙土,旁边的夹竹桃不知什么时候垂下了好几个枝子,散散落落的很不像样,是因为爸爸今年没有收拾它们——修剪、捆扎和施肥。

石榴树大盆底下也有几粒没有长成的小石榴,我很生气,问妹妹们:

"是谁把爸爸的石榴摘下来的?我要告诉爸爸去!"

妹妹们惊奇地睁大了眼,她们摇摇头说:"是它们自己掉下来的。"

我捡起小青石榴。缺了一根手指头的厨子老高从外面进来了,他说:

"大小姐,别说什么告诉你爸爸了,你妈妈刚从医院来了电话,叫你赶快去,你爸爸已经……"

他为什么不说下去了?我忽然着急起来,大声喊着说:

"你说什么?老高。"

"大小姐,到了医院,好好儿劝劝你妈,这里就数你大了!就数你大了!"

瘦鸡妹妹还在抢燕燕的小玩意儿,弟弟把沙土灌进玻璃瓶里。是的,这里就数我大了,我是小小的大人。我对老高说:

"老高,我知道是什么事了,我就去医院。"我从来没有过这样的镇定,这样的安静。

我把小学毕业文凭,放到书桌的抽屉里,再出来,老高已经替我雇好了到医院的车子。走过院子,看到那垂落的夹竹桃,我默念着:

爸爸的花儿落了,

我也不再是小孩子。

多年父子成兄弟

汪曾祺

这是我父亲的一句名言。

父亲是个绝顶聪明的人。他是画家，会刻图章，画写意花卉。图章初宗浙派，中年后治汉印。他会摆弄各种乐器，弹琵琶，拉胡琴，笙箫管笛，无一不通。他认为乐器中最难的其实是胡琴，看起来简单，只有两根弦，但是变化很多，两手都要有功夫。他拉的是老派胡琴，弓子硬，松香滴得很厚——现在拉胡琴的松香都只滴了薄薄的一层。他的胡琴音色刚亮。胡琴码子都是他自己刻的，他认为买来的不中使。他养蟋蟀，养金铃子。他养过花。他养的一盆素心兰在我母亲病故那年死了，从此他就不再养花。

我母亲死后，他亲手给她做了几箱子冥衣——我们那里有烧冥衣的风俗。按照母亲生前的喜好，选购了各种花素色纸作衣料，单夹皮棉，四时不缺。他做的皮衣能分得出小麦穗羊羔、灰鼠、狐肷。

父亲是个很随和的人，我很少见他发过脾气，对待子女，从无疾言厉色。他爱孩子，喜欢孩子，爱跟孩子玩，带着孩子玩。我的姑妈称他为"孩子头"。春天，不到清明，他领一群孩子到麦田里放风筝。放的是他自己糊的蜈蚣（我们那里叫"百脚"），是用染了色的绢糊的。放风筝的线是胡琴的老弦。老弦结实而轻，这样风筝可笔直地飞上去，没有"肚儿"。用胡琴弦放风筝，我还未见过第二人。

清明节前，小麦还没有"起身"，是不怕践踏的，而且越踏会越长得旺。孩子们在屋里闷了一冬天，在春天的田野里奔跑跳跃，身心都极其畅快。他用钻石刀把玻璃裁成不同形状的小块，再一块一块逗拢，接缝处用胶水粘牢，做成小桥、小亭子、八角玲珑水晶球。桥、亭、球是中空的，里面养了金铃子。从外面可以看到金铃子在里面自在爬行，振翅鸣叫。他会做各种灯。用浅绿透明的"鱼鳞纸"扎了一只纺织娘，栩栩如生。用西洋红染了色,上深下浅,通草做花瓣,做了一个重瓣荷花灯,真是美极了。用小西瓜(这是拉秧的小瓜,因其小,不中吃,叫作"打瓜"或"笃瓜")上开小口挖净瓜瓤,在瓜皮上雕镂出极细的花纹,做成西瓜灯。我们在这些灯里点了蜡烛,穿街过巷,邻居的孩子都跟过来看,非常羡慕。

父亲对我的学业是关心的,但不强求。我小时了了,国文成绩一直是全班第一。我的作文,时得佳评,他就拿出去到处给人看。我的数学不好,他也不责怪,只要能及格,就行了。他画画,我小时也喜欢画画,但他从不指点我。他画画时,我在旁边看,其余时间由我自己乱翻画谱,瞎抹。我对写意花卉那时还不太会欣赏,只是画一些鲜艳的大桃子,或者我从来没有见过的瀑布。我小时字写得不错,他倒是给我出过一点主意。在我写过一阵"圭峰碑"和"多宝塔"以后,他建议我写写"张猛龙"。这建议是很好的,到现在我写的字还有"张猛龙"的影响。我初中时爱唱戏,唱青衣,我的嗓子很好,高亮甜润。在家里,他拉胡琴,我唱。我的同学有几个能唱戏的。学校开同乐会,他应我的邀请,到学校去伴奏。几个同学都只是清唱。有一个姓费的同学借到一顶纱帽,一件蓝官衣,扮起来唱《朱砂井》,但是没有配角,没有衙役,没有犯人,只是一个赵廉,摇着马鞭在台上走了两圈,唱了一段"郿坞县在马上心神不定",便完事下场。父亲那么大的人陪着几个孩子玩了一下午,还挺高兴。

我十七岁初恋,暑假里,在家写情书,他在一旁瞎出主意!我十几岁就学会了抽烟喝酒。他喝酒,给我也倒一杯。抽烟,一次抽出两根,他一根,我一根。他还总是先给我点上火。我们的这种关系,他人或以为怪。父亲说:"我们是多年父子成兄弟。"

我和儿子的关系也是不错的。我下放张家口农村劳动,他那时还从幼儿园刚毕业,刚刚学会汉语拼音,用汉语拼音给我写了第一封信。我也只好赶紧学会汉语拼音,好给他写回信。

对儿子的几次恋爱,我采取的态度是"闻而不问"。了解,但不干涉。我们相信他自己的选择,他的决定。最后,他悄悄和一个小学时期女同学好上了,结了婚。有了一个女儿,已近七岁。

我的孩子有时叫我"爸",有时叫我"老头子"!连我的孙女也跟着叫。我的亲家母说这孩子"没大没小"。我觉得一个现代的,充满人情味的家庭,首先必须做到"没大没小"。父母叫人敬畏，儿女"笔管条直"，最没有意思。

儿女是属于他们自己的。他们的现在，和他们的未来，都应由他们自己来设计。一个想用自己理想的模式塑造自己的孩子的父亲是愚蠢的，而且，可恶！另外，作为一个父亲，应该尽量保持一点童心。

一九九〇年九月一日

- 张晓风
- 冰心
- 宗璞
- 鲁迅
- 萧红

贰

今夜无眠相牵挂,
时光荏苒何时逢

回到家里

张晓风

去年暑假,我那不解事的小妹妹曾悄悄地问起母亲:

"那个晓姐姐,她怎么还不回她台北的家呢?"

原来她把我当成客人了,以为我的家在台北。这也难怪,我离家读大学的时候,她才三岁,大概这种年龄的孩子,对于一个每年只在寒暑假才回来的人,难免要产生"客人"的错觉吧!

这次,我又回来了,回来享受主人的权利,外加客人的尊敬。

三轮车在月光下慢慢地踏着,我也无意催

他。在台北想找一个有如此雅兴的车夫，倒也不容易呢。我悠闲地坐在许多件行李中间，望着星空，望着远处的灯光，望着朦胧的夜景，感到一种近乎出世的快乐。

车子行在空旷的柏油路上，月光下那马路显得比平常宽了一倍。浓郁的稻香飘荡着，那醇厚的香气，就像有固着性似的，即使面对着一辆开过来的车子，也不会退却的。

风，有意无意地吹着。忽然，我感到某种极轻柔的东西吹落在我的颈项上，原来是一朵花儿。我认得它，这是从凤凰木上落下来的，那鲜红的花瓣，让人觉得任何树只要拼出血液来凝成这样一点的红色，便足以心力交瘁而死去了。但当我猛然抬首的当儿，却发现每棵树上竟都聚攒着千千万万片的花瓣，在月下闪着璀璨的光与色，这种气派绝不是人间的！我不禁痴痴地望着它们，夜风里不少花瓣都辞枝而落，于是，在我归去的路上便铺上一层豪华美丽的红色地毯了。

车子在一家长着大榕树的院落前面停了下来，我递给他十元，他只找了我五元就想走了，我不说什么，依旧站着不动，于是他又找了我一块钱，我才提着旅行袋走回去。我怎么会上当呢？这是我的家啊！

出来开门的是大妹，她正为大学联考在夜读，其余的人都睡了。我悄悄走入寝室，老三醒了，揉揉眼睛，说："呀，好漂亮！"便又迷迷糊糊地入梦了。我漂亮吗？我想这到底是回家了，只有在家里，每一个人才都是漂亮的，没有一个妹妹会认为自己的姐姐丑，我有一个朋友，她的妹妹竭力怂恿她，想让她去竞选中国小姐呢！

第二天我一醒来，柚子树的影子便在纱窗上跳动了，柚子树是我十分喜欢的，即使在不开花的时候，它也散布着一种清洁而芳香的气味。我推枕而起，看到柚子树上居然垂满了新结的柚子，那果实带着一身碧绿，藏在和它同色的叶子里。多么可佩，当它还没有成熟的时候，它便谦逊地隐藏着，一直到它个体大了，果汁充盈了，才肯着上金色的衣服，把自己呈献出来。

这时，我忽然听到母亲的声音，她说：

"你去看看，是谁回来了。"

于是门开了，小妹妹跳了进来。

"啊，晓姐姐，晓姐姐！"她的小手便开始来拉我了，"起来吃早饭，我的凳子给你坐。"

"坐我的凳子，晓姐姐！"不知什么时候，弟弟也来了，我原想多躺一会儿的，实在拗不过他们，只好坐了起来。

"谁要我坐他的凳子，就得给我一毛钱。"我说。

"我有一毛，你坐我的。"弟弟很兴奋地叫起来。

"等一下我就有五毛了，你先坐我的，一会就给你。"

我奇怪这两个常在学校里因为成绩优异而得奖的孩子，今天竟连这个问题也搞不清楚了。天下哪有坐别人座位还要收费的道理？也许因为这是家吧，在家里，许多事和世界上的真理是不大相同的。

刚吃完饭，一部脚踏车倏然停在门前，立刻，地板上便响起一阵赛跑的脚步声。

"这是干什么的？"没有一个人理我，大家都向那个人跑去了。

于是我看到一马当先的小妹妹从那人手里夺过一份报纸，很得意地回来了，其余的人没有抢到，只好作退一步的要求：

"你看完给我吧！"

"再下来就是我。"

"然后是我。"

乱嚷了一阵，他们都回来了，小妹妹很神秘地走进来，一把将报纸塞在我手里。

"给你看，晓姐姐。"

我很感动地望着她，原来她拼命似的去抢报，就是为我啊！以后每天，我便常常享受躺在床上看报的福气。一天早上，她又来了，在我耳旁说着"报纸"。我说："你拿来吧！"她果真去拿了一包东西放在我枕旁，我坐起来，发现什么报纸也没有。

"你说的报纸呢？"

"我没有说报纸啊！"

"你说了的！"

"我不知道，没有报纸啊！"她傻傻地望着我。

"你刚才到底说什么？"

"那包'挤'。"她用一根肥肥的指头指着我枕旁的纸包，我打开来一看，是个热腾腾的包子。原来她把"子"说成"挤"了，要是在学校里，老师准会骂她的，但这里是家，她便没有受磨难的必要了，家里每一个人都原谅她，认为等她长大了，牙齿长好了，自然会说清楚的。

我们家里常有许多小客人，这或许是因为我们客厅中没有什么高级装潢的缘故，我们既没有什么古瓶、宫灯或是地毯之类的饰物，当然也就不在乎孩子们近乎野蛮的游戏了，假如别人家里是"高朋满座"的话，我们家里应该是"小朋满座"

了。这些小孩每次看到我,总显得有几分畏惧,每当这种时候,我常想,我几乎等于一个客人了,但好心的弟弟每次总能替我解围。

"不要怕,她是我姐姐。"

"她是干什么的?"

"她上学,在台北,是上大学呢!"

"这样大还得上学吗?"

"你这人,"弟弟瞪了他两眼,"大学就是给大孩子上的,你知不知道,大学,你要晓得,那是大学,台北的大学。"

弟弟妹妹多,玩起游戏来是比较容易的。一天,我从客厅里走过,他们正在玩着"扮假家"的游戏,他们各人有一个家,家中各有几个洋娃娃充作孩子,弟弟扮一个医生,面前放着许多瓶瓶罐罐,聊以点缀他寂寞的门庭。我走过的时候他竭力叫住我,请我去看病。

"我没病!"说完我赶快跑了。

于是他又托腮长坐,当他一眼看到老三经过的时候,便跳上前去,一把捉住她。

"来,来,快来看病,今天半价。"

老三当然拼命挣扎,但不知从哪里钻出许多小鬼头,合力拉她,最后这健康的病人,终于坐在那个假医生的诊所里了,看她那一脸愁容,倒像是真的病了呢。做医生的用两条串好的橡皮筋,绑着一个酱油瓶盖,算是听诊器,然后又装模作样地摸了脉,便断定该打盐水针。所谓盐水针,上端是一个高高悬着的水瓶,插了一根空心的塑料管,下面垂着一枚亮晶晶的大钉子,居然也能把水引出来。他的钉尖刚触到病人的胳臂,她就大声呼号起来,我以为是戳痛了,连忙跑去抢救,却听到她断断续续地说:

"不行,不行,呀,痒死我了。"

打完了针,医生又给她配了一服药,那药原来是一把拌了糖的番石榴片。世界上有这样可爱的药吗?我独自在外的时候,每次病了,总要吃些像毒物一样可怕的药。哦,若是在那时能有这样可爱的医生伴着我,我想,不用打针或吃番石榴片,我的病也会痊愈的。

回家以后,生活极其悠闲,除了读书睡觉外,便是在庭中散步。庭院中有好几棵树,其中最可爱的是杧果树,这是一种不以色取胜的水果,我喜欢它那种极香的气味。

住在宿舍的时候,每次在长廊上读书,往往看到后山上鲜红的"莲雾"。有一次,曹说:"为什么那棵树不生得近一点呢？"事实上，生得近也不行啊，那是属于别人的东西，如果想吃，除了付钱就没有别的法子了。这个世界有太多的法律条文，把所有权划分得清楚极了，谁也不能碰谁的东西，只有在家里，在自己的家里，我才可以任意摘取，不会有人责备我的，我是个主人啊！

回家以后唯一遗憾的，是失去了许多谈得来的朋友，以前我们常在晚餐后促膝谈心的。那时我们的寝室里经常充满了笑声，作为室长，我常喜欢戏称他们为我"亲爱的室民"，而如今，我所统治的"满室的快乐"都暂时分散了。前天，我为丹寄去一盒杧果，让她也能分享我家居的幸福。家，实在太像一只朴实无华而又饱含着甜汁的杧果呢！

我在等，我想不久她的回信就会来的，她必会告诉我，她家中许多平凡而又动人的故事。我真的这样相信：每个人，当他回到自己家里的时候，一定会为甜蜜和幸福所包围的。

(一九六二、七、十三 中副)

我的三个弟弟

冰心

我和我的弟弟们一向以弟兄相称。他们叫我"伊哥"（伊是福州方言"阿"的意思）。这小名是我的父母亲给我起的，因此我的大弟弟为涵小名就叫细哥（"细"是福州方言"小"的意思），我的二弟为杰小名就叫细弟，到了三弟为楫出生，他的小名就只好叫"小小"了！

说来话长！我一生下来，我的姑母就拿我的生辰八字，去请人算命，算命先生说："这一定是个男命，因为孩子命里带着'文曲星'，是会做文官的。"算命纸上还写着有"富贵逼人无地处，长安道上马如飞"。这张算命纸本来由我收着，几经离乱，早就找不到了。算命先生还说我命里"五行"缺"火",于是我的二伯父就替我取了"婉莹"的大名,"婉"是我们家姐妹的排行,"莹"字上面有两个"火"字,以补我命中之缺。但祖父总叫我"莹官",和我的堂兄们霖官、仪官等一样,当作男孩叫的。而且我从小就是男装,一直到一九一一年,我从烟台回到福州时,才改了女装。伯叔父母们叫我"四妹",但"莹官"和"伊哥"的称呼,在我祖父和在我们的小家庭中,一直没改。

我的三个弟弟都是在烟台出生的,"官"字都免了,只保留福州方言,如"细哥""细弟"等等。

我的三个弟弟中,大弟为涵是最聪明的一个,十二岁就考上"唐山路矿学校"的预科(我在《离家的一年》这篇小说中就说的是这件事)。以后学校迁到北京,改称"北京交通大学"。他在学校里结交了一些爱好音乐的朋友,他自己课余又跟一位意大利音乐家学小提琴。我记得那时他从东交民巷老师家回来,就在屋里练琴,星期天他就能继续弹奏六七个小时。他的朋友们来了,我们的西厢房里就弦歌不断。他们不但拉提琴,也弹月琴,引得二弟和三弟也学会了一些中国乐器,三弟嗓子很好,就带头唱歌(他在育英小学,就被选入学校的歌咏队),至今我中午休息在枕上听收音机的时候,我还是喜欢听那高亢或雄浑的男歌音!

涵弟的音乐爱好,并没有干扰他的学习,他尤其喜欢外语。一九二三年秋,我在美国沙穰疗养院的时候,就常得到他用英文写的长信。病友们都奇怪说:"你们中国人为什么要用英文写信?"我笑说:"是他要练习外文并要我改正的缘故。"其实他的英文在书写上比我流利得多。

一九二六年我回国来,第二年他就到美国的宾夕法尼亚大学,去学"公路",回国后一直在交通部门工作。他的爱人杨建华,是我舅父杨子敬先生的女儿。他们的婚姻是我的舅舅亲口向我母亲提的,说是:"姑做婆,赛活佛。"照现在的说法,近亲结婚,生的孩子一定痴呆,可是他们生了五个女儿,却是一个赛似一个地聪明伶俐。(涵弟是长子,所以从我们都离家后,他就一直和我父亲住在一起。)至今我还藏着她们五姐妹环绕着父亲的一张相片。她们的名字都取的是花名,因为在华妹怀着第一个孩子时,我父亲做了一个梦,梦见一个老人递给他一张条子,上面写着"文郎俯看菊陶仙",因此我的大侄女就叫宗菊。"宗"字本来是我们大家庭里男孩子的排行,但我父亲说男女应该一样。后来我的一个堂弟得了一个儿子,就把"陶"字要走了,我的第二个侄女,只好叫宗仙。以后接着又来了宗莲和宗菱,也都是父亲给起的名字。当华妹又怀了第五胎的时候,她四个姐妹聚在一起祷告,希望妈妈不要生个男儿,怕有了弟弟,就不疼她们了。宗梅生后,华妹倒是有点失望,父亲却特为宗梅办了一桌满月酒席,这是她姐姐们所没有的,表示他特别高兴。因此她们总是高兴地说:"爷爷特别喜欢女孩子,我们也要特别争气才行!"

一九三七年,我和文藻刚从欧洲回来,七七事变就发生了。我们在燕京大学又待了一年,就到后方云南去了。我们走的那一天,父亲在母亲遗像前烧了一炷香,保佑我们一路平安。那时杰弟在南京,楫弟在香港,只有涵弟一人到车站送我们,他仍旧是泪汪汪的,一语不发,和当年我赴美留学时一样,他没有和杰、楫一道到车站送我,只在家里窗内泪汪汪地看着我走。我永远也忘不了那一对伤离惜别的悲痛的眼睛!

我们离开北京时,倒是把文藻的母亲带到上海,让她和文藻的妹妹一家住在一起。那时我们对云南生活知道得不多;更不敢也不能拖着父亲和涵弟一家人去到后方,当时也没想到抗战会抗得那么长,谁知道匆匆一别遂成永诀呢!

一九四〇年,我在云南的呈贡山上,得到涵弟报告父亲逝世的一封信,我打开信还没有看完,一口血就涌上来了!

047

……大人近二年来,瘦了许多,这是我感到伤心而不敢说的……谁也想不到他走得那样快……大人说:"伊哥住址是呈贡三台山,你能记得吗?"我含泪点首……晨十时德国医陈义大夫又来打针,大人喘仍不止,稍止后即告我:"将我的病况,用快函寄上海再转香港和呈贡,他们三人都不知道我病重了……"这时大人面色苍白,汗流如雨,又说:"我要找你妈去!"……大人表示要上床睡,我知道是那两针吗啡之力,一时房中安静,窗外一滴一滴的雨声,似乎在催着正在与生命挣扎的老父,不料到了早晨八时四十五分,就停了气息……我的血也冷了,不知是梦境?是幻境?最后责任心压倒了一切,死的死了,活的人还得活着干……

他的第二封信,就附来一张父亲灵堂的相片,以及他请人代拟的文藻吊我父亲的挽联:

分为半子,情等家人,远道那堪闻噩耗
本是生离,竟成死别,深闺何以慰哀思

信里还说,"听说你身体也不好,时常吐血,我非常不安……弟近来亦常发热出汗,疲弱不堪,但不敢多请假,因请假多了,公司将取消食粮配给……华妹一定要为我订牛奶,劝我吃鸡蛋，但是耗费太大，不得不将我的提琴托人出售，因为家里已没有可卖之物……一切均亏得华妹操心，这个家真亏她维持下去……孩子们都好，都知吃苦，也都肯用功读书，堪以告慰，但愿有一天苦尽甜来……"

这是涵弟给我的末一封信了。父亲是一九四〇年八月四日八时四十五分逝世的。涵弟在敌后的一个公司里又挨了四年，我也总找不到一个职业使他可以到后方来。他贫病交加，于一九四四年也逝世了！他最爱的也是最聪明的女儿宗莲，就改了名字和同学们逃到解放区去，其他的仍守着母亲，过着极其艰难的日子……

我的这个最聪明最尽责、性情最沉默、感情最脆弱的弟弟，就这样在敌后劳苦抑郁地了此一生！

关于能把三个弟弟写在一起的事：就是他们从小喜欢上房玩。北京中剪子巷家里，紧挨着东厢房有一棵枣树，他们就从树上爬到房上，到了北房屋脊后面的一个旮旯里，藏了许多他们自制的玩意儿，如小铅船之类。房东祈老头儿来了，看见他们上房，就笑着嚷："你们又上房了，将来修房的钱，就跟你们要！"

还有就是他们同一些同学，跟一位打拳的老师学武术，置办一些刀枪剑戟，一阵乱打，以及带着小狗骑车到北海泅水、划船，这些事我当然都没有参加。

其实我在《关于女人》那一本书里，虽然说的是我的三位弟妇，却已经把我的三个弟弟的性情、爱好等等都描写过了。不过《关于女人》是写在一九四三年，对于大弟只写了他恋爱、婚姻一段，对于二弟、三弟就写得多一些。

二弟为杰从小是和我在一床睡的。那时父亲带着大弟，母亲带着小弟，我就带着他。弟弟们比我们睡得早，在里床每人一个被窝桶，晚饭后不久，就钻进去睡了。为杰和一般的第二个孩子一样，总是很"乖"的。他在三个弟兄里，又是比较"笨"的。我记得在他上小学时，每天早起我一边梳头，一边听他背《孟子》，什么"泄泄沓沓也"，我不知道这是《孟子》中的哪一章，哪一节。也许还是"注释"，但他呜咽着反复背诵的这一句书，至今还在我耳边震响着。

他的功课总是不太好，到了开初中毕业式那天，照例是要穿一件新的蓝布大褂的，母亲还不敢先给他做，结果他还是毕业了。可是到了高中，他一下子就蹿上来了，成了个高材生。一九二六年秋他考上了燕京大学，正巧我也回国在那里教课，因为他参加了许多课外活动，我们接触的机会很多。有一次男生们演话剧《咖啡店之一夜》，那时男女生还没有合演，为杰就担任了女服务员这一角色。他穿的是我的一套黑绸衣裙，头上扎个带褶的白纱巾，系上白围裙，台下同学们都笑说他像我。那年冬天男女同学在未名湖上化装溜冰，他仍是穿那一套衣裳，手里捧着纸做的杯盘，在冰上旋舞。

一九二九年我同文藻结婚后，我们有了家了，他就常到家里吃饭，他很能吃，也不挑食。一九三〇年秋我怀上了吴平，害口，差不多有七个月吃不下东西。父亲从城里送来的新鲜的蔬菜水果，几乎都是他吃了。甚至在一九三一年二月我生吴平那一天，我从产房出来，看见他在病房等着我，房里桌上有一杯给产妇吃的冰激凌，我实在太累了，吃不下，冲他一努嘴，他就捧起杯来，脸朝着墙，一口气吃下了！

他在燕大念的是化学，他的学士和硕士的论文，都是跟天津碱厂的总工程师侯德榜博士写的。侯先生很赏识他，又介绍他到美国威斯康星大学读化学博士，毕业时还得了金钥匙奖。回国后就在永利制碱公司工作。解放后又跟侯先生到了化工部。一九五一年我们从日本回到北京，见面的时候就多了。

我是农历闰八月十二日生的，他的生日是农历八月初十，因此每到每年的农历的八月十一日，他们就买一个大蛋糕来，我们两家人一起庆祝，我现在还存着我们两人一同切蛋糕的相片。

一九八五年九月文藻逝世后，他得到消息，一进门还没来得及说话，就伏在书桌上，大哭不止，我倒含着泪去劝他。他晚年身体不好，常犯气喘病，家里暖气不够热时，就往往在堂屋里生上火炉。一九八六年初，他病重进了医院，他的爱人李文玲还瞒着我，直到他一月十二日逝世几天以后，我才得到这不幸的消息。化工部他的同事们为他准备了一个纪念册，要我题字，我写：

> 为杰逝世了，我在深深地自恸自怜之后，终于为有他这么一个对祖国的化工事业，做出应有的贡献的弟弟，我又感到无限的自慰与自豪。

他的爱人李文玲是金陵女子大学音乐系毕业的，专修钢琴。他的儿子谢宗英和儿媳张薇都继承了他的事业，现在都在化工部的附属工程机关工作。

我的三弟谢为楫的一切，我在《关于女人》写我的三弟妇那一段已经把他描写过了：

> ……他是我们弟兄中最神经质的一个，善怀，多

感,急躁,好动,因为他最小,便养得很任性,很娇惯。虽然如此,他对于父母和兄姐的话总是听从的,对我更是无话不说……

他很爱好文艺,也爱交些文艺界的年轻朋友。丁玲、胡也频、沈从文等,都是他介绍给我的,我记得那是一九二七年我的父亲在上海工作的时候。他还出过一本短篇小说集,名字我忘了,那时他也不过十七八岁。

他没有读大学就到英国利物浦的海上学校,当了航海学生,在五洲的海上飘荡了五年,居然还得了一张荣誉证书回来。从那时起他就在海关的缉私船上工作。抗战时期,上海失守后,他到了香港,香港又失守了,他就到重庆,不久由港务司派他到美国进修了一年,回来后就在上海港务局工作。他的爱人刘纪华,是我的表兄刘放园先生的女儿,燕大的社会学系优秀的硕士研究生,那时也在上海的善后救济总署工作。他们是青梅竹马的恩爱夫妻,工作和生活都很愉快。他们有五个儿女。为楫说,为了纪念我,他们孩子的名字里都要带一个"心"字。长女宗慈,十一二岁就到东北上学,我记得是长春大学,学的是农业机械。他们的二女儿宗爱、三女儿宗恩,学的是音乐,是报考上海音乐学院附中的上千人中考上的五十人中之二。我听见了很高兴,给她们寄去八百元买了一架钢琴,作为奖励。他们的两个儿子宗惠和宗恳那时还小。

一九五七年,为楫被划成了右派,遣送到甘肃的武威劳动改造,从此丢弃了他的专业,如同失水的枯鱼一般,全家迁到了大西北。那时我的老伴吴文藻,和我的儿子吴平也都是右派分子,我的头上响起了晴天的霹雳,心中的天地也一下子旋转了起来!但我还是镇定地给为楫写一封封的长信,鼓励他好好改造,重新做人,求得重有报效祖国的机会,其实那几年我自己也不知道是怎么过的!只记得为楫夫妇都在武威一所中学教书,度过了相当艰苦的日子。孩子们在逆境中反而加倍奋发自强,宗恩和宗爱都在西安音乐学院毕了业。两个男孩子都学的是理工,在矿学事业自动化研究所里工作,这都是后话了!

劳瘁交加的纪华得了癌症,一九七六年去世了,为楫就到窑街和小儿子住了些日子,一九七八年又到四川的北碚,同大女儿住了些日子;一九七九年应兰州大学之聘,在兰大教授英语;一九八四年的一月十二日就因病在兰州逝世了!他的儿女们都没有告诉我们。我和为杰只奇怪楫弟为什么这样懒得动笔,每逢农历九月十九,我们还是寄些钱去(他比纪华大一岁,两人是同一天生日,往常我们总是祝他们"双寿"),让他的孩子们给他买块蛋糕。孩子们也总是回信说："爹爹吃了蛋糕，很喜欢，说是谢谢你们！"杰弟一直到死，还不知道"小小"已经比他先走了！

在写这一篇的时候，我流尽了最后的眼泪！王羲之在《兰亭序》里说"死生亦大矣，岂不痛哉"。我倒觉得"死"真是个"解脱"，"痛"的是后死的人！

我的三个弟弟：从小到大，我尽力地爱护了你们。最后也还是我用眼泪来给你们送别，我总算对得起你们了！

一九八七年七月八日风雨欲来的黄昏

哭小弟

宗璞

我面前摆着一张名片,是小弟前年出国考察时用的。名片依旧,小弟却再也不能用它了。

小弟去了。小弟去的地方是千古哲人揣摩不透的地方,是各种宗教企图描绘的地方,也是每个人都会去,而且不能回来的地方。但是现在怎么能轮得到小弟!他刚五十岁,正是精力充沛,积累了丰富的学识经验,大有作为的时候,有多少事等他去做啊!医院发现他的肿瘤已相当大,需要立即做手术,他还想去参加一个技术讨论会,问能不能开完会再来。他在手术后休养期间,仍在看研究所里的科研论文,还做些小翻译。直到卧床不起,他手边还留着几份国际航空材料,总是"想再看看"。他也并不全想的是工作。已是滴水不进时,他忽然说想吃虾,要对虾。他想活,他想活下去呵!

可是他去了,过早地去了。这一年多,从他生病到逝世,真像是个梦,是个永远不能令人相信的梦。我总觉得他还会回来,从我们那冬夏一律显得十分荒凉的后院走到我窗下,叫一声"小姊——"。

可是他去了,过早地永远地去了。

我长小弟三岁。从我有比较完整的记忆起,生活里便有我的弟弟,一个胖胖的、可爱的小弟弟,跟在我身后。他虽然小,可是在玩耍时,他常常当老师,照顾着小朋友,让大家坐好,他站着上课,那神色真是庄严。他虽然小,在昆明的冬天里,孩子们都生冻疮,都怕用冷水洗脸,他却一点不怕。他站在山泉边,捧着一个大盆的样子,至今还十分清晰地在我眼前。

"小姊,你看,我先洗!"他高兴地叫道。

在泉水缓缓的流淌中,我们从小学、中学到大学,大部分时间都在一个学校。毕业后就各奔前程了。不知不觉间,听到人家称小弟为强度专家;不知不觉间,他担任了总工程师的职务。在那动荡不安的年月里,很难想象一个人的将来。这几年，父亲和我倒是常谈到，只要环境许可，小弟是会为国家做出点实际的事的。却不料，本是最年幼的他，竟先我们而离去了。

去年夏天，得知他患病后，因为无法得到更好的治疗，我于八月二十日到西安。记得有一辆坐满了人的车来接我。我当时奇怪何以如此兴师动众，原来他们都是去看小弟的。到医院后，有人进病房握手，有人只在房门口默默地站一站，他们怕打扰病人，但他们一定得来看一眼。

手术时，有航空科学研究院、623所、631所的代表，弟妹、侄女和我在手术室外；还有一辆轿车在医院门口。车里有许多人等着，他们一定要等着，准备随时献血。小弟如果需要把全身的血都换过，他的同志们也会给他。但是一切都没有用。肿瘤取出来了，有一个半成人的拳头大，一面已经坏死。我忽然觉得一阵胸闷，几乎透不过气来——这是在穷乡僻壤为祖国贡献着才华、血汗和生命的人啊，怎么能让这致命的东西在他身体里长到这样大！

我知道在这黄土高原上生活的艰苦，也知道住在这黄土高原上的人工作之劳累，还可以想象每一点工作的进展都要经过十分恼人的迂回曲折。但我没有想到，小弟不但生活在这里，战斗在这里，而且把性命交付在这里了。他手术后回京在家休养，不到半年，就复发了。

那一段焦急的悲痛的日子，我不忍写，也不能写。每一念及，便泪下如绠，纸上一片模糊。记得每次看病，候诊室里都像公共汽车上一样拥挤。等啊等啊，盼啊盼啊，我们知道病情不可逆转，只希望能延长时间，也许会有新的办法。航空界从莫文祥同志起，还有空军领导同志都极关心他，各个方面包括医务界的朋友们也曾热情相助，我还往海外求医。然而错过了治疗时机，药物再难奏效。曾有个别的医生不耐烦地当面对小弟说，治不好了，要他"回陕西去"。小弟说起这话时仍然面带笑容，毫不介意。他始终没有失去信心，他始终没有丧失生的愿望，他还没有累够。

小弟生于北京，一九五二年从清华大学航空系毕业。他填志愿到西南，后来分配在东北，以后又调到成都、调到陕西。虽然他的血没有流在祖国的土地上，但他的汗水洒遍全国，他的精力的一点一滴都献给祖国的航空事业了。个人的功绩总是有限的，也许燃尽了自己，也不能给人一点光亮，可总是为以后的绚烂的光辉做了一点积累吧。我不大明白各种工业的复杂性，但我明白，任何事业也不是只坐在北京就能够建树的。

我曾经非常希望小弟调回北京，分我侍奉老父的重担。他是儿子，三十年在外奔波，他不该尽些家庭的责任吗？多年来，家里有什么事，大家都会这样说："等小弟回来""问小弟"。有时只要想到有他可问，也就安心了。现在还怎能得到这样的心安？风烛残年的父亲想儿子，尤其这几年母亲去世后，他的思念是深的，苦的，我知道，虽然他不说。现在他永远失去他的最宝贝的小儿子了。我还曾希望在我自己走到人生的尽头，跨过那一道痛苦的门槛时，身旁的亲人中能有我的弟弟，他素来的可倚可靠会给我安慰。哪里知道，却是他先迈过了那道门槛啊！

一九八二年十月二十八日上午七时，他去了。

这一天本在意料之中，可是我怎能相信这是事实呢！他躺在那里，但他已经不是他了，已经不是我那正当盛年的弟弟，他再不会回答我们的呼唤，再不会劝阻我们的哭泣。你到哪里去了，小弟！自一九七四年沅君姑母逝世起，我家屡遭丧事，而这一次小弟的远去最是违反常规，令人难以接受！我还不得不把这消息告诉当时也在住院的老父，因为我无法回答他每天的第一句问话："今天小弟怎么样？"我必须告诉他，这是我的责任。再没有弟弟可以依靠了，再不能指望他来分担我的责任了。

父亲为他写挽联："是好党员，是好干部，壮志未酬，洒泪岂止为家痛；能娴科技，能娴艺文，全才罕遇，招魂也难再归来！"我那唯一的弟弟，永远地离去了。

他是积劳成疾，也是积郁成疾。他一天三段紧张地工作，参加各式各样的会议。每有大型试验，他事先检查到每一个螺丝钉，每一块胶布。他是三机部科技委员会委员，他曾有远见地提出多种型号研究。有一项他任主任工程师的课题研制获国防工办和三机部科技一等奖。同时他也是623所党委委员，需要在会议桌上坦率而又让人能接受地说出自己对各种事情的意见。我常想，能够"双肩挑"，是我们五十年代到六十年代初期出来的知识分子的特点。我们是在"又红又专"的要求下长大的。当然，有的人永远也没有能达到要求，像我。大多数人则挑起过重的担子，在崎岖的、荆棘丛生的，有时是此路不通的山路上行走。他们不只是生活艰苦，过于劳累，还要担惊受怕，心里塞满想不通的事，谁又能经受得起呢！

小弟入医院前，正负责组织航空工业部系统的一个课题组，他任主任工程师。他的一个同志写信给我说，一九八一年夏天，西安一带出奇的热，几乎所有的人晚上都到室外乘凉，只有"我们的老冯"坚持伏案看资料,"有一天晚上,我去他家汇报工作,得知他经常胃痛,有时从睡眠中痛醒,工作中有时会痛得大汗淋漓,挺一会儿,又接着做了。天啊!谁又知道这是癌症!我只淡淡地说该上医院看看。回想起来,我心里很内疚,我对不起老冯,也对不起您!"

这位不相识的好同志的话使我痛哭失声!我也恨自己,恨自己没有早想到癌症对我们家族的威胁,即使没有任何症状,也该定期检查。云山阻隔,我一直以为小弟是健康的。其实他早感不适,已去过他该去的医疗单位。区一级的说是胃下垂,县一级的说是肾游走。以小弟之为人,当然不会大惊小怪,惊动大家。后来在弟妹的催促下,乘工作之便到西安检查,才做手术。如果早一年有正确的诊断和治疗,小弟还可以再为祖国工作二十年!

往者已矣。小弟一生,从没有埋怨过谁,也没有埋怨过自己,这是他的美德之一。他在病中写的诗中有两句:"回首悠悠无恨事,丹心一片向将来。"他没有恨事。他虽无可以彪炳史册的丰功伟绩,却有一个普通人的认真的、勤奋的一生。历史正是由这些人写成的。

小弟白面长身,美丰仪;喜文艺,娴诗词;且工书法篆刻。父亲在挽联中说他是"全才罕遇",实非夸张。如果他有三次生命,他的多方面的才能和精力也是用不完的;可就这一辈子,也没有得以充分地发挥和施展。他病危弥留的时间很长,他那颗丹心,那颗让祖国飞起来的丹心,顽强地跳动,不肯停息。他不甘心!

这样壮志未酬的人,不止他一个啊!

我哭小弟,哭他在剧痛中还拿着那本航空资料"想再看看",哭他的"胃下垂""肾游走";我也哭蒋筑英抱病奔波、客殇成都;我也哭罗健夫不肯一个人坐一辆汽车!我还要哭那些没有见诸报章的过早离去的我的同辈人。他们几经雪欺霜冻,好不容易奋斗着张开几片花瓣,尚未盛开,就骤然凋谢。我哭我们这迟开而早谢的一代人!

已经是迟开了,让这些迟开的花朵尽可能延长他们的光彩吧。

这些天,读到许多关于这方面的文章,也读到了《痛惜之余的愿望》,稍得安慰。我盼"愿望"能成为事实。我想需要"痛惜"的事应该是越来越少了。

小弟,我不哭!

风筝

鲁迅

北京的冬季,地上还有积雪,灰黑色的秃树枝丫叉于晴朗的天空中,而远处有一二风筝浮动,在我是一种惊异和悲哀。

故乡的风筝时节,是春二月,倘听到沙沙的风轮声,仰头便能看见一个淡墨色的蟹风筝或嫩蓝色的蜈蚣风筝。还有寂寞的瓦片风筝,没有风轮,又放得很低,伶仃地显出憔悴可怜的模样。但此时地上的杨柳已经发芽,早的山桃也多吐蕾,和孩子们的天上的点缀相照应,打成一片春日的温和。我现在在哪里呢?四面都还是严冬的肃杀,而久经诀别的故乡的久经逝去的春天,却就在这天空中荡漾了。

但我是向来不爱放风筝的,不但不爱,并且嫌恶他,因为我以为这是没出息孩子所做的玩艺。和我相反的是我的小兄弟,他那时大概十岁内外罢,多病,瘦得不堪,然而最喜欢风筝,自己买不起,我又不许放,他只得张着小嘴,呆看着空中出神,有时至于小半日。远处的蟹风筝突然落下来了,他惊呼;两个瓦片风筝的缠绕解开了,他高兴得跳跃。他的这些,在我看来都是笑柄,可鄙的。

有一天,我忽然想起,似乎多日不很看见他了,但记得曾见他在后园拾枯竹。我恍然大悟似的,便跑向少有人去的一间堆积杂物的小屋去,推开门,果然就在尘封的什物堆中发现了他。他向着大方凳,坐在小凳上;便很惊惶地站了起来,失了色瑟缩着。大方凳旁靠着一个胡蝶风筝的竹骨,还没有糊上纸,凳上是一对做眼睛用的小风轮,正用红纸条装饰着,将要完工了。我在破获秘密的满足中,又很愤怒他的瞒了我的眼睛,这样苦心孤诣地来偷做没出息孩子的玩艺。我即刻伸手折断了胡蝶的一支翅骨,又将风轮掷在地下,踏扁了。论长幼,论力气,他是都敌不过我的,我当然得到完全的胜利,于是傲然走出,留他绝望地站在小屋里。后来他怎样,我不知道,也没有留心。

然而我的惩罚终于轮到了,在我们离别得很久之后,我已经是中年。我不幸偶而看了一本外国的讲论儿童的书,才知道游戏是儿童最正当的行为,玩具是儿童的天使。于是二十年来毫不忆及的幼小时候对于精神的虐杀的这一幕,忽地在眼前展开,而我的心也仿佛同时变了铅块,很重很重的堕下去了。

但心又不竟堕下去而至于断绝,他只是很重很重地堕着,堕着。

我也知道补过的方法的:送他风筝,赞成他放,劝他放,我和他一同放。我们嚷着,跑着,笑着。——然而他其时已经和我一样,早已有了胡子了。

我也知道还有一个补过的方法的:去讨他的宽恕,等他说,"我可是毫不怪你呵。"那么,我的心一定就轻松了,这确是一个可行的方法。有一回,我们会面的时候,是脸上都已添刻了许多"生"的辛苦的条纹,而我的心很沉重。我们渐渐谈起儿时的旧事来,我便叙述到这一节,自说少年时代的胡涂。"我可是毫不怪你呵。"我想,他要说了,我即刻便受了宽恕,我的心从此也宽松了罢。

"有过这样的事么?"他惊异地笑着说,就像旁听着别人的故事一样。他什么也不记得了。

全然忘却,毫无怨恨,又有什么宽恕之可言呢?无怨的恕,说谎罢了。

我还能希求什么呢?我的心只得沉重着。

现在,故乡的春天又在这异地的空中了,既给我久经逝去的儿时的回忆,而一并也带着无可把握的悲哀。我倒不如躲到肃杀的严冬中去罢,——但是,四面又明明是严冬,正给我非常的寒威和冷气。

一九二五年一月二十四日

初冬

萧红

初冬，我走在清凉的街道上，遇见了我的弟弟。

"莹姐，你走到哪里去？"

"随便走走吧！"

"我们去吃一杯咖啡，好不好，莹姐？"

咖啡店的窗子在帘幕下挂着苍白的霜层。我把领口脱着毛的外衣搭在衣架上。

我们开始搅着杯子铃铛地响了。

"天冷了吧！并且也太孤寂了，你还是回家的好。"弟弟的眼睛是深黑色的。

我摇了头，我说："你们学校的篮球队近来怎么样？还活跃吗？你还很热心吗？"

"我掷筐掷得更进步,可惜你总也没到我们球场上来了。你这样不畅快是不行的。"

我仍搅着杯子,也许飘流久了的心情,就和离了岸的海水一般,若非遇到大风是不会翻起的。我开始弄着手帕。弟弟再向我说什么我已不去听清他,仿佛自己是沉坠在深远的幻想的井里。

我不记得咖啡怎样被我吃干了杯了。茶匙在搅着空的杯子时,弟弟说:"再来一杯吧!"

女侍者带着欢笑一般飞起的头发来到我们桌边,她又用很响亮的脚步摇摇地走了去。

也许因为清早或天寒,再没有人走进这咖啡店。在弟弟默默看着我的时候,在我的思想凝静得玻璃一般平的时候,壁间暖气管小小嘶鸣的声音都听得到了。

"天冷了,还是回家好,心情这样不畅快,长久了是无益的。"

"怎么!"

"太坏的心情于你有什么好处呢?"

"为什么要说我的心情不好呢?"

我们又都搅着杯子。有外国人走进来,那响着嗓子的、嘴不住在说的女人,就坐在我们的近边。她离得我越近,我越嗅到她满衣的香气,那使我感到她离得我更辽远,也感到全人类离得我更辽远。也许她那安闲而幸福的态度与我一点联系也没有。

我们搅着杯子,杯子不能像起初搅得发响了。街车好像渐渐多了起来,闪在窗子上的人影,迅速而且繁多了。隔着窗子,可以听到喑哑的笑声和喑哑地踏在行人道上的鞋子的声音。

"莹姐,"弟弟的眼睛深黑色的,"天冷了,再不能飘流下去,回家去吧!"弟弟说,"你的头发这样长了,怎么不到理发店去一次呢?"我不知道为什么被他这话所激动了。

也许要熄灭的灯火在我心中复燃起来,热力和光明鼓荡着我:

"那样的家我是不想回去的。"

"那么飘流着,就这样飘流着?"弟弟的眼睛是深黑色的。他的杯子留在左手里边,另一只手在桌面上,手心向上翻张了开来,要在空间摸索着什么似的。最后,他是捉住自己的领巾。我看着他在抖动的嘴唇:"莹姐,我真担心你这个女浪人!"他牙齿好像更白了些,更大些,而且有力了,而且充满热情了。为热情而波动,他的嘴唇是那样地褪去了颜色。并且他的全人有些近乎狂人,然而安静,完全被热情侵占着。

出了咖啡店,我们在结着薄碎的冰雪上面踏着脚。

初冬,早晨的红日扑着我们的头发,这样的红光使我感到欣快和寂寞。弟弟不住地在手下摇着帽子，肩头耸起了又落下了；心脏也是高了又低了。

渺小的同情者和被同情者离开了市街。

停在一个荒败的枣树园的前面时，他突然把很厚的手伸给了我，这是我们要告别了。

"我到学校去上课！"他脱开我的手，向着我相反的方向背转过去。可是走了几步，又转回来：

"莹姐，我看你还是回家的好！"

"那样的家我是不能回去的，我不愿意受和我站在两极端的父亲的豢养……"

"那么你要钱用吗？"

"不要的。"

"那么，你就这个样子吗？你瘦了！你快要生病了！你的衣服也太薄啊！"弟弟的眼睛是深黑色的，充满着祈祷和愿望。我们又握过手，分别向不同的方向走去。

太阳在我的脸面上闪闪耀耀。仍和未遇见弟弟以前一样，我穿着街头，我无目的地走。寒风，刺着喉头，时时要发作小小的咳嗽。

弟弟留给我的是深黑色的眼睛，这在我散漫与孤独的流荡人的心板上，怎能不微温了一个时刻？

- 朱自清
- 周作人
- 老　舍
- 张晓风
- 徐志摩

叁

沉思往事立残阳,
当时只道是寻常

儿女

朱自清

我现在已是五个儿女的父亲了。想起圣陶喜欢用的"蜗牛背了壳"的比喻,便觉得不自在。新近一位亲戚嘲笑我说,"要剥层皮呢!"更有些悚然了。十年前刚结婚的时候,在胡适之先生的《藏晖室札记》里,见过一条,说世界上有许多伟大的人物是不结婚的;文中并引培根的话,"有妻子者,其命定矣。"当时确吃了一惊,仿佛梦醒一般;但是家里已是不由分说给娶了媳妇,又有甚么可说?现在是一个媳妇,跟着来了五个孩子;两个肩头上,加上这么重一副担子,真不知怎样走才好。"命定"是不用说了;从孩子们那一面说,他们该怎样长大,也正是可以忧虑的事。我是个彻头彻尾自私的人，做丈夫已是勉强，做父亲更是不成。自然，"子孙崇拜""儿童本位"的哲理或伦理，我也有些知道；既做着父亲，闭了眼抹杀孩子们的权利，知道是不行的。可惜这只是理论，实际上我是仍旧按照古老的传统，在野蛮地对付着，和普通的父亲一样。近来差不多是中年的人了，才渐渐觉得自己的残酷；想着孩子们受过的体罚和叱责，始终不能辩解——像抚摩着旧创痕那样，我的心酸溜溜的。有一回，读了有岛武郎《与幼小者》的译文，对了那种伟大的，沉挚的态度，我竟流下泪来了。去年父亲来信，问起阿九，那时阿九还在白马湖呢；信上说，"我没有耽误你，你也不要耽误他才好。"我为这句话哭了一场；我为什么不像父亲的仁慈？我不该忘记，父亲怎样待我们来着！人性许真是二元的，我是这样地矛盾；我的心像钟摆似的来去。

你读过鲁迅先生的《幸福的家庭》么？我的便是那一类的"幸福的家庭"！每天午饭和晚饭，就如两次潮水一般。先是孩子们你来他去地在厨房与饭间里查看，一面催我或妻发"开饭"的命令。急促繁碎的脚步，夹着笑和嚷，一阵阵袭来，直到命令发出为止。他们一递一个地跑着喊着，将命令传给厨房里用人；便立刻抢着回来搬凳子。于是这个说，"我坐这儿！"

那个说,"大哥不让我!"大哥却说,"小妹打我!"我给他们调解,说好话。但是他们有时候很固执,我有时候也不耐烦,这便用着叱责了;叱责还不行,不由自主地,我的沉重的手掌便到他们身上了。于是哭的哭,坐的坐,局面才算定了。接着可又你要大碗,他要小碗,你说红筷子好,他说黑筷子好;这个要干饭,那个要稀饭,要茶要汤,要鱼要肉,要豆腐,要萝卜;你说他菜多,他说你菜好。妻是照例安慰着他们,但这显然是太迂缓了。我是个暴躁的人,怎么等得及?不用说,用老法子将他们立刻征服了;虽然有哭的,不久也就抹着泪捧起碗了。吃完了,纷纷爬下凳子,桌上是饭粒呀,汤汁呀,骨头呀,渣滓呀,加上纵横的筷子,欹斜的匙子,就如一块花花绿绿的地图模型。吃饭而外,他们的大事便是游戏。游戏时,大的有大主意,小的有小主意,各自坚持不下,于是争执起来;或者大的欺负了小的,或者小的竟欺负了大的,被欺负的哭着嚷着,到我或妻的面前诉苦;我大抵仍旧要用老法子来判断的,但不理的时候也有。最为难的,是争夺玩具的时候:这一个的与那一个的是同样的东西,却偏要那一个的;而那一个便偏不答应。在这种情形之下,不论如何,终于是非哭了不可的。这些事件自然不至于天天全有,但大致总有好些起。我若坐在家里看书或写什么东西,管保一点钟里要分几回心,或站起来一两次的。若是雨天或礼拜日,孩子们在家的多,那么,摊开书竟看不下一行,提起笔也写不出一个字的事,也有过的。我常和妻说,"我们家真是成日的千军万马呀!"有时是不但"成日",连夜里也有兵马在进行着,在有吃乳或生病的孩子的时候!

我结婚那一年,才十九岁。二十一岁,有了阿九;二十三岁,又有了阿菜。那时我正像一匹野马,哪能容忍这些累赘的鞍鞯,辔头和缰绳?摆脱也知是不行的,但不自觉地时时在摆脱着。现在回想起来,那些日子,真苦了这两个孩子;真是难以宽宥的种种暴行呢!阿九才两岁半的样子,我们住在杭州的学校里。不知怎的,这孩子特别爱哭,又特别怕生人。一不见了母亲,或来了客,就哇哇地哭起来了。学校里住着许多人,我不能让他扰着他们,而客人也总是常有的;我懊恼极了,有一回,特地骗出了妻,关了门,将他按在地下打了一顿。这件事,妻到现在说起来,还觉得有些不忍;她说我的手太辣了,到底还是两岁半的孩子!我近年常想着那时的光景,也觉黯然。阿菜在台州,那是更小了;才过了周岁,还不大会走路。也是为了缠着母亲的缘故吧,我将她紧紧地按在墙角里,直哭喊了三四分钟；因此生了好几天病。妻说，那时真寒心呢！但我的苦痛也是真的。我曾给圣陶写信，说孩子们的折磨，实在无法奈何；有时竟觉着还是自杀的好。这虽是气愤的话，但这样的心情，确也有过的。后来孩子是多起来了，磨折也磨折得久了，少年的锋棱渐渐地钝起来了；加以增长的年岁增长了理性的裁制力，我能够忍耐了——觉得从前真是一个"不成材的父亲"，如我给另一个朋友信里所说。但我的孩子们在幼小时，确比别人的特别不安静，我至今还觉如此。我想这大约还是由于我们抚育不得法；从前只一味地责备孩子，让他们代我们负起责任，却未免是可耻的残酷了！

正面意义的"幸福"，其实也未尝没有。正如谁所说，小的总是可爱，孩子们的小模样，小心眼儿，确有些教人舍不得的。阿毛现在五个月了，你用手指去拨弄她的下巴，或向她做趣脸，她便会张开没牙的嘴咯咯地笑，笑得像一朵正开的花。她不愿在屋里待着；待久了，便大声儿嚷。妻常说，"姑娘又要出去溜达了。"她说她像鸟儿般，每天总得到外面溜一些时候。闰儿上个月刚过了三岁，笨得很，话还没有学好呢。他只能说三四个字的短语或句子，文法错误，发音模糊，又得费气力说出；我们老是要笑他的。他说"好"字，总变成"小"字；问他"好不好？"，他便说"小"，或"不小"。我们常常逗着他说这个字玩儿；他似乎有些觉得，近来偶然也能说出正确的"好"字了——特别在我们故意说成"小"字的时候。他有一只搪瓷碗，是一毛来钱买的；买来时，老妈子教给他，"这是一毛钱。"他便记住"一毛"两个字，管那只碗叫"一毛"，有时竟省称为"毛"。这在新来的老妈子，是必需翻译了才懂的。他不好意思，或见着生客时，便咧着嘴痴笑；我们常用了土话，叫他作"呆瓜"。他是个小胖子，短短的腿，走起路来，蹒跚可笑；若快走或跑，便更"好看"了。他有时学我，将两手叠在背后，一摇一摆的；那是他自己和我们都要乐的。他的大姊便是阿菜，已是七岁多了，在小学校里念着书。在饭桌上，一定得啰啰唆唆地报告些同学或他们父母的事情；气喘喘地说着，不管你爱听不爱听。说完了总问我："爸爸认识么？""爸爸知道么？"妻常禁止她吃饭时说话，所以她总是问我。她的问题真多：看电影便问电影里的是不是人？是不是真人？怎么不说话？看照相也是一样。不知谁告诉她，兵是要打人的。她回来便问，兵是人么？为什么打人？近来大约听了先生的话，回来又问张作霖的兵是帮谁的，蒋介石的兵是不是帮我们的？诸如此类的问题，每天短不了，常常闹得我不知怎样答才行。她和闰儿在一处玩儿,一大一小,不很合适,老是吵着哭着。但合适的时候也有:譬如这个往床底下躲,那个便钻进去追着;这个钻出来,那个也跟着——从这个床到那个床,只听见笑着,嚷着,喘着,真如妻所说,像小狗似的。现在在京的,便只有这三个孩子;阿九和转儿是去年北来时,让母亲暂时带回扬州去了。

阿九是欢喜书的孩子。他爱看《水浒》《西游记》《三侠五义》《小朋友》等;没有事便捧着书坐着或躺着看。只不欢喜《红楼梦》,说是没有味儿。是的,《红楼梦》的味儿,一个十岁的孩子,哪里能领略呢?去年我们事实上只能带两个孩子来;因为他大些,而转儿是一直跟着祖母的,便在上海将他俩丢下。我清清楚楚记得那分别的一个早上。我领着阿九从二洋泾桥的旅馆出来,送他到母亲和转儿住着的亲戚家去。妻嘱咐说,"买点吃的给他们吧。"我们走过四马路,到一家茶食铺里。阿九说要熏鱼,我给买了;又买了饼干,是给转儿的。便乘电车到海宁路。下车时,看着他的害怕与累赘,很觉恻然。到亲戚家,因为就要回旅馆收拾上船,只说了一两句话便出来;转儿望望我,没说什么,阿九是和祖母说什么去了。我回头看了他们一眼,硬着头皮走了。后来妻告诉我,阿九背地里向她说:"我知道爸爸欢喜小妹,不带我上北京去。"其实这是冤枉的。他又曾和我们说,"暑假时一定来接我啊!"我们当时答应着;但现在已是第二个暑假了,他们还在迢迢的扬州待着。他们是恨着我们呢?还是惦着我们呢?妻是一年来老放不下这两个,常常独自暗中流泪;但我有什么法子呢!想到"只为家贫成聚散"一句无名的诗,不禁有些凄然。转儿与我较生疏些。但去年离开白马湖时,她也曾用了生硬的扬州话(那时她还没有到过扬州呢),和那特别尖的小嗓子向着我:"我要到北京去。"她晓得什么北京,只跟着大孩子们说罢了;但当时听着,现在想着的我,却真是抱歉呢。这兄妹俩离开我,原是常事,离开母亲,虽也有过一回,这回可是太长了;小小的心儿,知道是怎样忍耐那寂寞来着!

我的朋友大概都是爱孩子的。少谷有一回写信责备我,说儿女的吵闹,也是很有趣的,何至可厌到如我所说;他说他真不解。子恺为他家华瞻写的文章,真是"蔼然仁者之言"。圣陶也常常为孩子操心:小学毕业了,到什么中学好呢?——这样的话,他和我说过两三回了。我对他们只有惭愧!可是近来我也渐渐觉着自己的责任。我想,第一该将孩子们团聚起来,其次便该给他们些力量。我亲眼见过一个爱儿女的人,因为不曾好好地教育他们，便将他们荒废了。他并不是溺爱，只是没有耐心去料理他们，他们便不能成材了。我想我若照现在这样下去，孩子们也便危险了。我得计划着，让他们渐渐知道怎样去做人才行。但是要不要他们像我自己呢？这一层，我在白马湖教初中学生时，也曾从师生的立场上问过丏尊，他毫不踌躇地说，"自然啰。"近来与平伯谈起教子，他却答得妙，"总不希望比自己坏啰。"是的，只要不"比自己坏"就行，"像"不"像"倒是不在乎的。职业、人生观等，还是由他们自己去定的好；自己顶可贵，只要指导，帮助他们去发展自己，便是极贤明的办法。

予同说，"我们得让子女在大学毕了业，才算尽了责任。"SK说，"不然，要看我们的经济，他们的材质与志愿；若是中学毕了业，不能或不愿升学，便去做别的事，譬如做工人吧，那也并非不行的。"自然，人的好坏与成败，也不尽靠学校教育；说是非大学毕业不可，也许只是我们的偏见。在这件事上，我现在毫不能有一定的主意；特别是这个变动不居的时代，知道将来怎样？好在孩子们还小，将来的事且等将来吧。目前所能做的，只是培养他们基本的力量——胸襟与眼光；孩子们还是孩子们，自然说不上高的远的，慢慢从近处小处下手便了。这自然也只能先按照我自己的样子:"神而明之,存乎其人。"光辉也罢,倒霉也罢,平凡也罢,让他们各尽各的力去。我只希望如我所想的,从此好好地做一回父亲,便自称心满意。——想到那"狂人""救救孩子"的呼声,我怎敢不悚然自勉呢?

> 1928年6月24日晚写毕,
> 北京清华园

若子的病

周作人

《北京孔德学校旬刊》第二期于四月十一日出版,载有两篇儿童作品,其中之一是我的小女儿写的。

晚上的月亮　周若子

晚上的月亮,很大又很明。我的两个弟弟说:"我们把月亮请下来,叫月亮抱我们到天上去玩。月亮给我们东西,我们很高兴。我们拿到家里给母亲吃,母亲也一定高兴。"

但是这张旬刊从邮局寄到的时候,若子已正在垂死状态了。她的母亲望着摊在席上的报纸又看昏沉的病人,再也没有什么话可说,只叫我好好地收藏起来——做一个将来决不再寓目的纪念品。我读了这篇小文，不禁忽然想起六岁时死亡的四弟椿寿，他于得急性肺炎的前两三天，也是固执地向着佣妇追问天上的情形，我自己知道这都是迷信，却不能禁止我脊梁上不发生冰冷的奇感。

十一日的夜中，她就发起热来，继之以大吐，恰巧小儿用的摄氏体温表给小波波（我的兄弟的小孩）摔破了，土步君正出着第二次种的牛痘，把华氏的一具拿去应用，我们房里没有体温表了，所以不能测量热度，到了黎明从间壁房中拿表来一量，乃是40度3分！八时左右起了痉挛，妻抱住了她，只喊说，"阿玉惊了，阿玉惊了！"弟妇（即是妻的三妹）走到外边叫内弟起来，说，"阿玉死了！"他惊起不觉坠落床下。这时候医生已到来了，诊察的结果说疑是"流行性脑脊髓膜炎"，虽然征候还未全具，总之是脑的故障，危险很大。十二时又复痉挛，这回脑的方面倒还在其次了，心脏中了霉菌的毒非常衰弱，以致血行不良，皮肤现出黑色，在臂上捺一下，凹下白色的痕好久还不回复。这一日里，院长山本博士，助手蒲君，看护妇永井君白君，前后都到，山本先生自来四次，永井君留住我家，帮助看病。第一天在混乱中过去了，次日病人虽不见变坏，可是一昼夜以来每两小时一回的樟脑注射毫不见效，心脏还是衰弱,虽然热度已减至38至9度之间。这天下午因为病人想吃可可糖,我赶往哈达门去买,路上时时为不祥的幻想所侵袭,直到回家看见毫无动静这才略略放心。第三天是火曜日,勉强往学校去,下午三点半正要上课,听说家里有电话来叫,赶紧又告假回来,幸而这回只是梦呓,并未发生什么变化。夜中十二时山本先生诊后,始宣言性命可以无虑。十二日以来,经了两次的食盐注射,三十次以上的樟脑注射,身上拥着大小七个的冰囊,在七十二小时之末总算已离开了死之国土,这真是万幸的事了。

山本先生后来告诉川岛君说,那日曜日他以为一定不行的了。大约是第二天,永井君也走到弟妇的房里躲着下泪,她也觉得这小朋友怕要为了什么而辞去这个家庭了。但是这病人竟从万死中逃得一生,不知是哪里来的力量。医呢,药呢,她自己或别的不可知之力呢?但我知道,如没有医药及大家的救护,她总是早已不在了。我若是一种宗派的信徒,我的感谢便有所归,而且当初的惊怖或者也可减少,但是我不能如此,我对于未知之力有时或感着惊异,却还没有致感谢的那么深密的接触。我现在所想致感谢者在人而不在自然,我很感谢山本先生与永井君的热心的帮助,虽然我也还不曾忘记四年前给我医治肋膜炎的劳苦。川岛斐君二君每日殷勤地访问，也是应该致谢的。

整整地睡了一星期，脑部已经渐好，可以移动，遂于十九日午前搬往医院，她的母亲和"姊姊"陪伴着，因为心脏尚须疗治，住在院里较为便利，省得医生早晚两次赶来诊察，现在温度复原，脉搏亦渐恢复，她卧在我曾经住过两个月的病室的床上，只靠着一个冰枕，胸前放着一个小冰囊，伸出两只手来，在那里唱歌。妻同我商量，若子的兄姊十岁的时候，都花过十来块钱，分给用人并吃点东西当作纪念，去年因为筹不出这笔款，所以没有这样办，这回病好之后，须得设法来补做并以祝贺病愈。她听懂了这会话的意思，便反对说，"这样办不好。倘若今年做了十岁，那么明年岂不还是十一岁么？"我们听了不禁破颜一笑。唉，这个小小的情景，我们在一星期前哪里敢梦想到呢？

紧张透了的心一时殊不容易松放开来。今日已是若子病后的第十一日，下午因为稍觉头痛告假在家，在院子里散步，这才见到白的紫的丁香都已盛开，山桃烂漫得开始憔悴了，东边路旁爱罗先珂君回俄国前手植作为纪念的一株杏花已经零落净尽，只剩有好些绿蒂隐藏嫩叶的底下。春天过去了，在我们彷徨惊恐的几天里，北京这好像敷衍人似的短促的春天早已愉愉地走过去了。这或者未免可惜，我们今年竟没有好好地看一番桃杏花。但是花明年会开的，春天明年也会再来的，不妨等明年再看；我们今年幸而能够留住了别个一去将不复来的春光，我们也就够满足了。

今天我自己居然能够写出这篇东西来，可见我的凌乱的头脑也略略静定了，这也是一件高兴的事。

十四年四月二十二日雨夜

当幽默变成油抹

老舍

小二小三玩腻了：把落花生的尖端咬开一点，夹住耳唇当坠子，已经不能再做，因为耳坠不晓得是怎回事，全到了他们肚里去；还没有人能把花生吃完再拿它当耳坠！《儿童世界》上的插图也全看完了，没有一张满意的，因为据小二看，画着王家小五是王八的才能算好画，可是插画里没有这么一张。小二和王家小五前天打了一架，什么也不因为，并且一点不是小二的错，一点也不是小五的错；谁的错呢？没人知道。"小三，你当马吧？"小三这时节似乎什么也愿意干，只是不愿意当马。"再不然，咱们学狗打架玩？"小二又出了主意。"也好，可是得真咬耳朵?"小三愿事先问好,以免咬了小二的耳朵而去告诉妈妈。咬了耳朵还怎么再夹上花生当耳坠呢?小二不愿意。唱戏吧?好,唱戏。但是,先看看爸和妈干什么呢。假如爸不在家,正好偷偷地翻翻他那些杂志,有好看的图画可以撕下一两张来;然后再唱戏。

爸和妈都在书房里。爸手里拿着本薄杂志,可是没看;妈手里拿着些毛绳,可是没织;他们全笑呢。小二心里说大人也是好玩呀,不然,爸为什么拿着书不看,妈为什么拿着线不织?

爸说:"真幽默,哎呀,真幽默!"爸嘴上的笑纹几乎通到耳根上去。

这几天爸常拿着那么一薄本米色皮的小书喊幽默。

小二小三自然是不懂什么叫幽默,而听成了油抹;可是油抹有什么可笑呢?小三不是为把油抹在袖口上挨过一顿打吗?大人油抹就不挨打而嘻嘻,不公道!

爸念了,一边念一边嘻嘻,眼睛有时候像要落泪,有时候一句还没念完,嘴里便哈哈哈。妈也跟着嘻嘻嘻。念的什么子路——小三听成了紫鹿——又是什么三民主义,而后嘻嘻嘻——一点也不可笑,而爸与妈偏嘻嘻嘻!

决定过去看看那小本是什么。爸不叫他们看："别这儿捣乱，一边儿玩去！"妈也说："玩去，等爸念完再来！"好像这个小薄本比什么都重要似的！也许爸和妈都吃多了；妈常说小孩子吃多了就胡闹，爸与妈也是如此。

念了半天，爸看了看表，然后把小本折好了一页，极小心地放在写字台的抽屉里："晚上再念；得出门了。"

"再念一段！"妈这半天连一针活也没做，还说再念一段呢，真不害羞！小三心里的小手指头直在脸上削，"没羞没臊，当间儿画个黑老道！"

"晚上，晚上！凑巧还许把第十期买来呢！"爸说，还是笑着。

爸爸走了，走到院里还嘻嘻呢；爸是吃多了！

妈拿着活计到里院去了。

小二小三决定要犯犯"不准动爸的书"的戒命。等妈走远了，轻轻地开了抽屉，拿出那本叫爸和妈嘻嘻的宝贝。他们全把大拇指放在嘴里哑着，大气不出地去找那招人笑的小鬼。他们以为书中必是有个小鬼，这个小鬼也许就叫作油抹。人一见油抹就要嘻嘻，或是哈哈。找了半天，一篇一篇全是黑字！有一张画，看不懂是什么，既不是小兔搬家，又不是小狗成亲，简直的什么也不像！这就可乐呀？字和这样的画要是可乐，为什么妈不许我们在墙上写字画图呢？

"咱们还是唱戏去吧？"小三不耐烦了。

"小三，看，这个小盒也在这儿呢，爸不许咱们动，楞偷偷地看看？"小二建议。

已经偷看了书，为什么不再偷看看小盒？就是挨打也是一顿。小三想得很精密。

把小盒轻轻打开，嗬，里边一管挨着一管，都是刷牙膏，可是比刷牙膏的管小些细些。小二把小铅盖转了转，挤，咕——挤出滑溜溜的一条小红虫来，哎呀有趣！小三的眼睛得像两个新铜子，又亮又圆。"来，我挤一个！"他另拿了管，咕——挤出条碧绿的小虫来。

一管一管，全挤过了，什么颜色的也有，真好玩！小二拿起盒里的一支小硬笔，往笔上挤了些红膏，要往牙上擦。

"小二，别，万一这是爸的冻疮药呢？"

"不能，冻疮药在妈的抽屉里呢。"

"等等，不是药，也许呀，也许呀——"小三想了半天想不出是什么。

"这么着吧，小三，把小管全挤在桌上，咱们打花脸吧？"

"唱——那天你和爸听什么来着?"小三的戏剧知识只是由小二得来的那些。

"有花脸的那个?嘀咕的嘀咕嘀嘀咕!《黄鹤楼》!"

"就唱《黄鹤楼》吧!你打红脸,我打绿脸。嘀咕嘀——"

"《黄鹤楼》里没有绿脸!"小二觉得小三对扮戏是没发言权的。

"假装地有个绿脸就得了嘛!糖挑上的泥人戏出就有绿脸的。"

两个把管里的小虫全挤得越长越好,而后用小硬笔往脸上抹。

"小二,我说这不是牙膏,你瞧,还油亮油亮的呢。嗬,抹在脸上有点漆得慌!"

"别说话;你的嘴直动,我怎给你画呀?!"小二给小三的腮上打些紫道,虽然小三是要打绿脸。

正这么打脸,没想到,爸回来了!

"你们俩干什么呢?干什么呢!"

"我们——"小二一慌把小刷子放在小三的头上。

小三,正闭着眼等小二给画眉毛,睁开了眼。

"你们干什么?!"爸是动了气,"二十多块一盒的油!"

"对啦,爸,我们这儿油抹呢!"小三直抓腮部,因为油漆得不好受。

"什么油抹呀?"

"不是爸看这本小书的时候,跟妈说,真油抹,爸笑妈也笑吗?"

"这本小书?"爸指着桌上那本说,"从此不再看《论语》!"

爸真生了气。一下子坐在椅子上,气哼哼的,不自觉地,从衣袋里掏出一本小书——样子和桌上那本一样。

乘着爸看新买来的小书,小二小三七手八脚把小管全收在盒里,小三从头上揭下小笔,也放进去。

爸又看入了神,嘴角又慢慢往上弯。小二们的《黄鹤楼》是不敢唱了,可也不敢走开,敬候着爸的发落。

爸又嘻嘻了,拍了大腿一下:"真幽默!"

小三向小二咬耳朵:"爸是假装油抹,咱们才是真油抹呢!"

母亲的羽衣

张晓风

讲完了牛郎织女的故事,细看儿子已经垂睫睡去,女儿却犹自瞪着坏坏的眼睛。

忽然,她一把抱紧我的脖子把我赘得发疼:

"妈妈,你说,你是不是仙女变的?"

我一时愣住,只胡乱应道:

"你说呢?"

"你说,你说,你一定要说。"她固执地扳住我不放,"你到底是不是仙女变的?"

我是不是仙女变的?——哪一个母亲不是仙女变的?

像故事中的小织女,每一个女孩都曾住在星

河之畔，她们织虹纺霓，藏云捉月，她们几曾烦心挂虑？她们是天神最偏怜的小女儿，她们终日临水自照，惊讶于自己美丽的羽衣和美丽的肌肤，她们久久凝注着自己的青春，被那份光华弄得痴然如醉。

而有一天，她的羽衣不见了，她换上了人间的粗布——她已经决定做一个母亲。有人说她的羽衣被锁在箱子里，她再也不能飞翔了。人家还说，是她丈夫锁上的，钥匙藏在极秘密的地方。

可是，所有的母亲都明白那仙女根本就知道箱子在哪里，而且，她也知道藏钥匙的所在。在某个无人的时候，她甚至会惆怅地开启箱子，用忧伤的目光抚摸那些柔软的羽毛。她知道，只要羽衣一着身，她就会重新回到云端，可是她把柔软白亮的羽毛拍了又拍，仍然无声无息地关上箱子，藏好钥匙。

是她自己锁住那身昔日的羽衣的。

她不能飞了，因为她已不忍飞去。

而狡黠的小女儿总是偷窥到那藏在母亲眼中的秘密。

许多年前，那时我自己还是个小女孩，我总是惊奇地窥伺着母亲。

她在口琴背上刻了小小的两个字——静鸥,那里面有什么故事吗?那不是母亲的名字,却是母亲名字的谐音。她也曾梦想过自己是一只静栖的海鸥吗?她不怎么会吹口琴,我甚至想不起她吹过什么好听的歌,但那名字对我而言是母亲神秘的羽衣。她轻轻刻那两个字的时候,她可以立刻变了一个人,她在那名字里是另外一个我所不认识的有翅的什么。

母亲晒箱子的时候是她另外一种异常的时刻,母亲似乎有些好东西,完全不是拿来用的,只为放在箱底,按时年年在三伏天取出来曝晒。

记忆中母亲晒箱子的时候就是我兴奋欲狂的时候。

母亲晒些什么?我已不记得,记得的是樟木箱又深又沉,像一个浑沌黝黑初生的宇宙,另外还记得的是阳光下竹竿上富丽夺人的颜色,以及怪异却又严肃的樟脑味,以及我在母亲喝禁声中东摸摸西探探的快乐。

我唯一真正记得的一件东西是幅漂亮的湘绣被面,雪白的缎子上,绣着兔子和翠绿的小白菜,和红艳欲滴的小杨花萝卜,全幅上还绣了许多别的令人惊讶赞叹的东西,母亲一面整理,一面会忽然回过头来说:"别碰,别碰,等你结婚就送给你。"

我小的时候好想结婚,当然也有点害怕,不知为什么,彷佛所有的好东西都是等结了婚就自然是我的了,我觉得一下子有那么多好东西也是怪可怕的事。

那幅湘绣后来好像不知怎么就消失了,我也没有细问。对我而言,那么美丽得不近真实的东西,一旦消失,是一件合理得不能再合理的事。譬如初春的桃花,深秋的枫红,在我看来都是美丽得违了规的东西,是茫茫大化一时的错误,才胡乱把那么多的美堆到一种东西上去,桃花理该一夜消失的,不然岂不教世人都疯了?

湘绣的消失对我而言简直就是复归大化了。

但不能忘记的是母亲打开箱子时那份欣悦自足的表情,她慢慢地看着那幅湘绣,那时我觉得她忽然不属于周遭的世界,那时候她会忘记晚饭,忘记我扎辫子的红绒绳。她的姿势细想起来,实在是仙女依恋地轻抚着羽衣的姿势,那里有一个前世的记忆,她又快乐又悲哀地将之一一拾起。但是她也知道,她再也不会去拾起往昔了——唯其不会重拾,所以回顾的一刹那更特别地深情凝重。

除了晒箱子,母亲最爱回顾的是早逝的外公对她的宠爱。

有时她胃痛，卧在床上，要我把头枕在她的胃上，她慢慢地说起外公。外公似乎很舍得花钱（当然也因为有钱），常常带她上街去吃点心。她总是告诉我当年的肴肉和汤包怎么好吃，甚至煎得两面黄的炒面和女生宿舍里早晨订的冰糖豆浆（母亲一再强调"冰糖"豆浆，因为那是比"砂糖"豆浆更为高贵的），都是超乎我想象力之外的美味。我每听她说起那些事的时候，都惊讶万分——我无论如何不能把那些事和母亲联想在一起。我从有记忆起，母亲就是一个吃剩菜的角色，红烧肉和新炒的蔬菜简直就是理所当然地放在父亲面前的，她自己的面前永远是一盘杂拼的剩菜和一碗"擦锅饭"（擦锅饭就是把剩饭在炒完菜的剩锅中一炒，把锅中的菜汁都擦干净了的那种饭），我简直想不出她不吃剩菜的时候是什么样子。

而母亲口里的外公，上海、南京、汤包、肴肉全是仙境里的东西，母亲每讲起那些事，总有无限的温柔，她既不感伤，也不怨叹，只是那样平静地说着。她并不要把那个世界拉回来，我一直都知道这一点，我很安心，我知道下一顿饭她仍然会坐在老地方，吃那盘我们大家都不爱吃的剩菜。而到夜晚，她会照例一个门一个窗地去检点去上闩。她一直都负责把自己牢锁在这个家里。

日子不慌不忙

哪一个母亲不曾是穿着羽衣的仙女呢？只是她藏好了那件衣服，然后用最黯淡的一件粗布把自己掩藏了，我们有时以为她一直就是那样的。

而此刻，那刚听完故事的小女儿鬼鬼地在窥伺着什么？

她那么小，她何由得知？她是看多了卡通，听多了故事吧？她也发现了什么吗？

是在我的集邮本偶然被儿子翻出来的那一刹那吗？是在我拣出石涛画册或汉碑并一页页细味的那一刻吗？是在我猛然回首听他们弹一阕熟悉的钢琴练习曲的时候吗？抑是在我带他们走过年年的春光，不自主地驻足在杜鹃花旁或流苏树下的一瞬间吗？

或是在我动容地托住父亲的勋章或童年珍藏的北平画片的时候，或是在我翻拣夹在大字典里的干叶之际，或是在我轻声地教他们背一首唐诗的时候……

是有什么语言自我眼中流出呢？是有什么音乐自我腕底泻过吗？为什么那小女孩会问道：

"妈妈，你是不是仙女变的呀？"

我不是一个和千万母亲一样安分的母亲吗？我不是把属于

女孩的羽衣收折得极为秘密吗?我在什么时候泄露了自己呢?

在我的书桌底下放着一个被人弃置的木质砧板,我一直想把它挂起来当一幅画,那真该是一幅庄严的画,那样承受过万万千千生活的刀痕和凿印的,但不知为什么,我一直也没有把它挂出来……

天下的母亲不都是那样平凡不起眼的一块砧板吗?不都是那样柔顺地接纳了无数尖锐的割伤却默无一语的砧板吗?

而那小女孩,是凭什么神秘的直觉,竟然会问我:

"妈妈,你到底是不是仙女变的?"

我掰开她的小手,救出我被吊得酸麻的脖子,我想对她说:

"是的,妈妈曾经是一个仙女,在她做小女孩的时候。但现在,她不是了,你才是,你才是一个小小的仙女!"

但我凝注着她晶亮的眼睛,只简单地说了一句:

"不是,妈妈不是仙女,你快睡觉。"

"真的?"

"真的!"

她听话地闭上了眼睛,旋又不放心地睁开:

"如果你是仙女,也要教我仙法哦!"

我笑而不答，替她把被子掖好，她兴奋地转动着眼珠，不知在想什么。

然后，她睡着了。

故事中的仙女既然找回了羽衣，大约也回到云间去睡了。

风睡了，鸟睡了，连夜也睡了。

我守在两张小床之间，久久凝视着他们的睡容。

我的彼得

徐志摩

新近有一天晚上,我在一个地方听音乐,一个不相识的小孩,约莫八九岁光景,过来坐在我的身边,他说的话我不懂,我也不易使他懂我的话,那可并不妨事,因为在几分钟内我们已经是很好的朋友,他拉着我的手,我拉着他的手,一同听台上的音乐。他年纪虽则小,他音乐的兴趣已经很深:他比着手势告我他也有一张提琴,他会拉,并且说哪几个是他已经学会的调子。他那资质的敏慧,性情的柔和,体态的秀美,不能使人不爱;而况我本来是欢喜小孩们的。

但那晚虽则结识了一个可爱的小友,我心里却并不快爽;因为不仅见着他使我想起你,我的小彼得,并且在他活泼的神情里我想见了你,彼得,假如你长大的话,与他同年龄的影子。你在时,与他一样,也是爱音乐的;虽则你回去的时候刚满三岁,你爱好音乐的故事,从你襁褓时起,我屡次听你妈与你的"大大"讲,不但是十分的有趣可爱,竟可说是你有天赋的凭证,在你最初开口学话的日子,你妈已经写信给我,说你听着了音乐便异常地快活,说你在坐车里常常伸出你的小手在车栏上跟着音乐按拍;你稍大些会得淘气的时候,你妈说,只要把话匣开上,你便在旁边乖乖地坐着静听,再也不出声不闹——并且你有的是可惊的口味,是贝多芬是魏格纳你就爱,要是中国的戏片,你便盖没了你的小耳,决意不让无意味的锣鼓,打搅你的清听——你的大大(她多疼你!)讲给我听你得小提琴的故事:怎样那晚上买琴来的时候你已经在你的小床上睡好,怎样她们为怕你起来闹赶快灭了灯亮把琴放在你的床边,怎样你这小机灵早已看见,却偏不作声,等你妈与大大都上了床,你才偷偷地爬起来,摸着了你的宝贝,再也忍不住的你技痒,站在漆黑的床边,就开始你"截桑柴"的本领,后来怎样她们干涉了你,你便乖乖地把琴抱进你的床去,一起安眠。她又讲你怎样喜欢拿着一根短棍站在桌上模仿音乐会的导师,你那认真的神情常常叫在座人大笑。此外还有不少趣话，大大记得最清楚，她都讲给我听过；但这几件故事已够见证你小小的灵性里早长着音乐的慧根。实际我与你妈早已经同意想叫你长大时留在德国学习音乐——谁知道在你的早殇里我们失去了一个可能的莫扎特（Mozart）：在中国音乐最饥荒的日子，难得见这一点希冀的青芽，又教运命无情的脚根踏倒，想起怎不可伤？

彼得，可爱的小彼得，我"算是"你的父亲，但想起我做父亲的往迹，我心头便涌起了不少的感想；我的话你是永远听不着了，但我想借这悼念你的机会，稍稍疏泄我的积愫，在这不自然的世界上，与我境遇相似或更不如的当不在少数，因此我想说的话或许还有人听，竟许有人同情。就是你妈，彼得，她也何尝有一天接近过快乐与幸福，但她在她同样不幸的境遇中证明她的智断，她的忍耐，尤其是她的勇敢与胆量；所以至少她，我敢相信，可以懂得我话里意味的深浅，也只有她，我敢说，最有资格指证或相诠释，在她有机会时，我的情感的真际。

但我的情愫！是怨，是恨，是忏悔，是怅惘？对着这不完全，不如意的人生，谁没有怨，谁没有恨，谁没有怅惘？除了天生颟顸的，谁不曾在他生命的经途中——葛德说的——和着悲哀吞他的饭，谁不曾拥着半夜的孤衾饮泣？我们应得感谢上苍的是他不可度量的心裁，不但在生物的境界中他创造了不可计数的种类，就这悲哀的人生也是因人差异，各各不同——同是一个碎心，却没有同样的碎痕；同是一滴眼泪，却难寻同样的泪晶。

彼得我爱，我说过我是你的父亲。但我最后见你的时候你才不满四月，这次我再来欧洲你已经早一个星期回去，我见着的只是你的遗像，那太可爱；与你一撮的遗灰，那太可惨。你生前日常把弄的玩具——小车，小马，小鹅，小琴，小书——你妈曾经件件地指给我看，你在时穿着的衣褂鞋帽，你妈与你大大也曾含着眼泪从箱里理出来给我抚摩，同时她们讲你生前的故事，直到你的影像活现在我的眼前，你的脚踪仿佛在楼板上踹响。你是不认识你父亲的，彼得，虽则我听说他的名字常在你的口边，他的肖像也常受你小口的亲吻，多谢你妈与你大大的慈爱与真挚，她们不仅永远把你放在她们心坎的底里，她们也使我，没福见着你的父亲，知道你，认识你，爱你，也把你的影像，活泼，美慧，可爱，永远镂上了我的心版。那天在柏林的会馆里，我手捧着那收存你遗灰的锡瓶，你妈与你七舅站在旁边止不住滴泪，你的大大哽咽着，把一个小花圈挂上你的门前——那时间我，你的父亲，觉着心里有一个尖锐的刺痛，这才初次明白曾经有一点血肉从我自己的生命里分出，这才觉着父性的爱像泉眼似的在性灵里汨汨地流出；只可惜是迟了，这慈爱的甘液不能救活已经萎折了的鲜花，只能在他纪念日的周遭永远无声地流转。

彼得，我说我要借这机会稍稍爬梳我年来的郁积；但那也不见得容易；要说的话仿佛就在口边，但你要它们的时候，它们又不在口边：像是长在大块岩石底下的嫩草，你得有力量翻起那岩石才能把它不伤损地连根起出——谁知道那根长得多深！是恨，是怨，是忏悔，是怅惘？许是恨，许是怨，许是忏悔，许是怅惘。荆棘刺入了行路人的胫踝，他才知道这路的难走；但为什么有荆棘？是它们自己长着，还是有人成心种着的？也许是你自己种下的？至少你不能完全抱怨荆棘，一则因为这道是你自愿才来走的，再则因为那刺伤是你自己的脚踏上了荆棘的结果，不是荆棘自动来刺你——但又谁知道？因此我有时想，彼得，像你倒真是聪明：你来时是一团活泼、光亮的天真，你去时也还是一个光亮、活泼的灵魂；你来人间真像是短期做客，你知道的是慈母的爱，阳光的和暖与花草的美丽，你离开了妈的怀抱，你回到了天父的怀抱，我想他听你欣欣地回报这番做客——只尝甜浆,不吞苦水——的经验,他上年纪的脸上一定满布着笑容——你的小脚踝上不曾碰着过无情的荆棘,你穿来的白衣不曾沾着一斑的泥污。

但我们,比你住久的,彼得,却不是来做客;我们是遭放逐,无形的解差永远在后背催逼着我们赶道:为什么受罪,前途是哪里,我们始终不曾明白,我们明白的只是底下流血的胫踝,只是这无思的长路,这时候想回头已经太迟,想中止也不可能,我们真的羡慕,彼得,像你那谪期的简净。

在这道上遭受的,彼得,还不止是难,不止是苦,最难堪的是逐步相追的嘲讽,身影似的不可解脱。我既是你的父亲,彼得,比方说,为什么我不能在你的生前,日子虽短,给你应得的慈爱,为什么要到这时候,你已经去了不再回来,我才觉着骨肉的关联?并且假如我这番不到欧洲,假如我在万里外接到你的死耗,我怕我只能看作水面上的云影,来时自来,去时自去:正如你生前我不知欣喜,你在时我不知爱惜,你去时也不能过分动我的情感。我自分不是无情,不是寡恩,为什么我对自身的血肉,反是这般不近情的冷漠?彼得,我问为什么,这问的后身便是无限的隐痛:我不能怨,我不能恨,更无从悔,我只是怅惘,我只能问!明知是自苦的揶揄,但我只能忍受。而况揶揄还不止此,我自身的父母,何尝不赤心地爱我;但他们的爱却正是造成我痛苦的原因:我自己也何尝不笃爱我的亲亲,但我不仅不能尽我的责任,不仅不曾给他们想望的快乐,我,他们的独子,也不免加添他们的烦愁,造作他们的痛苦,这又是为什么?在这里,我也是一般的不能恨,不能怨,更无从悔,我只是怅惘——我只能问。昨天我是个孩子,今天已是壮年;昨天腮边还带着圆润的笑涡,今天头上已见星星的白发;光阴带走的往迹,再也不容追赎,留下在我们心头的只是些揶揄的鬼影;我们在这道上偶尔停步回想的时候,只能投一个虚圈的"假使当初",解嘲已往的一切。但已往的教训,即使有,也不能给我们利益,因为前途还是不减启程时的渺茫,我们还是不能选择取由的途径——到那天我们无形地解差喝住的时候,我们唯一的权利,我猜想,也只是再丢一个虚圈更大的"假使",圆满这全程的寂寞,那就是止境了。

- 郁达夫
- 郑振铎
- 林徽因
- 朱自清
- 冰心

肆

人生需要好友,
一路同行微光亦暖

给沫若

郁达夫

沫若：

　　和你分手，是去年十月的初旬——记不清哪一日了，但我却记得是双十节到北京的——接到你从白滨寄出，在春日丸船上写的那封信，是今年四月底边。此后你也没有信来，我也怕写信给你，一直到现在——今天是七月二十九日——我与你的中间，竟没有书札来往。我怕写信给你的原因，第一是：因为我自春天以来，精神物质，两无可观，萎靡颓废，正如半空中的雨滴，只是沉沉落坠。我怕像这样的消息，递传给你，也只能增大你的愁怀，决不能使你盼望我振作的期待，得有些微的满足。第二是：因为我想象你在九洲海岸的生涯，一定比苏武当年，牧羊瀚海的情状，还要孤凄清苦；我若忽从京洛，写一纸长书，将中原扰攘的情形，缕缕奉告，怕你一时又要重新感到离乡去国之悲，那时候，你的日就镇静的心灵，又难免不起掀天的大浪。此外还有几种原因，由主观地说来，便是我天性的疏懒，再由客观地讲时，就是我和你共事以后，无一刻不感到的，一种莫名其妙的、总觉得对你不起的深情。记得《两当轩集》里有几句诗说："强半书来有泪痕，不将一语到寒温，久迟作答非忘报，只恐开缄亦断魂，……"我现在把它抄在这里，聊当作我两三月来，久迟作答的辩解。

五月初——记不清是哪一日了，总之是你离开上海之后，约莫有一个多月的光景——我因为我在北京的生活太干寂了，太可怜了，胸中在酝酿着的闷火，太无喷发的地方了，在一天东风微暖的早上，带了一支铅笔，几册洋书，飘然上了南下的征车，行返上海。当车过崇文门，去北京的内城渐远的时候，我一边从车座里站起来，开窗向后面凝望，一边我心里却切齿地作了底下的一段诅咒："美丽的北京城，繁华的帝皇居，我对你绝无半点的依恋。你是王公贵人的行乐之乡，伟大杰士的成名之地！但是Sodom的荣华，Pompey的淫乐，我想看看你的威武，究竟能持续几何时？问去年的皓雪，而今何处？——But where are the snows of yeste-year？——像我这样的无力的庸奴，我想只要苍天不死，今天在这里很微弱地发出来的这一点仇心，总有借得浓烟硝雾来毁灭你的一日！杀！杀！死！毁灭！毁灭！我受你的压榨，欺辱，蹂躏，已经够了，够了！够了！……"那时候因为我坐的一间三等车室内，别无旁客，所以几月来抵死忍着，在人前绝不曾洒过的清泪，得流了一个痛快。沫若，我是一个从来不愿意咒诅任何事物之人，而此次在车中竟起了这样的一段毒念。你说我在这北京过度的这半年余的生活，究竟是痛苦呢还是安乐？具体的话我不说了，这首都里的俊杰如何地欺凌我，生长在这乐土中的异性者，如何地冷遇我等等，你是过来人，大约总能猜测吧！

上车的第二天半夜里到了上海，下车后，即跑上民厚里你我同住过的那间牢房里去，楼底下的厨房内，只有几根柴垛纵横地散在那里。那一天厨房里的那个电灯泡，好像特别的灰暗，冰冷的电光——虽则是春风沉醉的晚上，但我只觉得这屋内的电灯光是冰冷的——同退剩的洪水似的淡淡地凝结在空洞的厨板上，锅盖上，和几只破残的碗钵上，在这些物事背后拖着的阴影，却是很浓厚的。进了前间起坐室一看，我和你和仿吾婀娜小孩等坐过的几张椅子，都七坍八败地靠叠在墙边，只有你临行时不曾收拾起的许多破书旧籍，这边一堆，那边一捆地占尽了这间纵横不过二丈来方的前室，前楼的两张床上，帐子都已撤去，地板上铺满了些破新闻纸，校稿的无用者和许多信札的废纸废封。光床上堆在那里的是仿吾的不曾拿去洗的旧衣服和破袜汗衫之类。后楼上，你于送你夫人小孩上日本去后，独自一个在那里写成你的《歧路》和《十字架》等篇的后楼上，正如暴风过后的港湾一样，到处只留着些坍败倒坏的痕迹，一阵霉冷的气味，突然侵袭了我的嗅觉，我一个人不知不觉竟在那张破床床沿上失神默坐了几分钟。那一晚仿吾因为等我不到，上别处去消闷去了。空屋里只有N氏一人，睡在那里候我到来。他说，书局要他们搬家，有许多器具，都已搬走了。他又说，仿吾和他，因为料定我一到上海就要找上这里来，所以是死守着不走的。末了他更告诉我说，在这里已经两个礼拜不举火了，他们要吃饭的时候，是锁着门——因为屋内一个底下人也没有了——跑上外边去吃的。

在这间荒废的屋里住了四五天，和仿吾等把周报的结束，与季刊的稿子清整了一下；更在外面与《太平洋》杂志有关的朋友商议了些以后合出周报的事情，我就于全部事务完了的那天早晨坐了沪杭早车回浙江去。

这一回的南下，表面上虽则说是为收拾周报，和商议与《太平洋》杂志合作的事情而去，但我的内心，实际上想上南边去看看，有没有机会，可以使我脱离这万恶贯盈的北京，而别求生路。殊不知到上海一看，我的半年余的出亡，使我的去路，闭塞得比《茑萝行》时代更加绝望。不但如此，且有几个寄生在资本家翼下，一边却在高谈革命建国的文人，和几个痛骂礼拜六派的作品，而自家在趣味比《礼拜六》更低的杂志上大作文章，一面又拉了不愿意的朋友，也在这新礼拜六上作小说的方言学者，正在竭力诋毁我和你和仿吾。我看看这种情形，听了些中国文坛上特有的奇闻逸事，觉得当上车时那样痛恨的北京城，比卑污险恶的上海，还要好些。于是我的不如归去的还乡高卧的心思，又渐渐地抬起头来了。

到家的头两天，总算快乐得很，亲戚朋友，相逢道故，家庭之内，也不少融融之乐。好，到了第三天，事件就发生了。

总之，是我的女人不好。那一天晚上吃夜饭的时候，我在厅前陪母亲多喝了一杯酒，所以母亲与我都是很快乐地在灯前说笑。我的女人在厨下吃完了晚饭，也抱了龙儿——我的三岁的小孩——过来，和我们坐一起。那时候我和母亲手里正捏了一张在北京的我的侄儿的穿洋服的照片在那里看。我的女人看了照片上的侄儿的美丽的小洋服——侄儿也三岁了——赞美得了不得，便顺口对龙儿说了一句笑话说：

"龙！你要不要这样的好洋服穿？"

早熟的龙儿，虽然话也讲不十分清楚，但虚荣心却已经发达，听了他娘的这句话，便连声地嚷要！要！要！我也同他开玩笑，故意地说了一声"没有！"可怜的这小孩，以为我在骂他，就放声大哭起来。我们三人——母亲和我和我的女人——用尽了种种手段，想骗他不哭，但他却不肯听从。平时非常钟爱他的我的老母，到了后来，也生了气，冷视了他一眼说：

"你这孩子真不听话，穿洋服要前世修来的呀，哪里恶诈就诈得到的呢？你要哭且向你的爸爸去哭，我是没有钱做洋服给你穿的！"

讲完了话，母亲就走开了。我因为这孩子脾气不好，心里早已觉得不耐烦，及听了母亲的话，更觉得十分地羞恼，所以马上就涨红了脸，伸出手去狠命地向他的小颊上批了两下。粉白的小脸上立刻即涨出了几个手指红印来，他的哭声，也一时狂叫了起来。母亲听了他的狂叫的哭声，赶进来的时候，我的女人，已经流了一脸眼泪，伏着背把龙儿搂在怀中，在发着颤声地安抚他说：

"宝，心肝肉，乖宝……不哭吧……娘不好，……噢！

娘……娘不好……噢！总是娘说了一声不好……"

我的女人抱他上楼去后半天，他睡着了方才不哭。后来我上楼去睡的时候，我的女人还含了眼泪，呆坐在床沿上，在守着他睡觉。我脱下了夹衫摸进床去，抱他到灯下来看时，见他脸上红肿得比被打的时候更厉害。我叫我的女人拿开香粉盒来，好在他的伤痕上敷上些香粉，她只默默地含着深怨对我看了一眼。我当时因为余怒未息，并且同时心里又起了一种不可名状的后悔，所以就放大了喉音对我女人喝了一声说：

"你怎么不站起来拿！"

手里的龙儿，被我惊醒，又哭了起来。我的女人，急促地闭了一闭眼睛，洒出了两大颗泪滴，马上把香粉盒拿出来放在桌上，从我手里把龙儿夺了过去，而且细声地对我说：

"我抱着，你敷吧！"

这话还没有说完，她又低了头宝宝心肝地叫起来了。我一边替龙儿擦眼泪敷粉，一边心里却在对他央告：

"宝！别哭吧！爸爸不好，爸爸打得太重了，乖宝，别哭吧！总是爸爸不好，没能力挣钱做洋服给你穿。"

这心里的央告，正想以轻微的语言说出来的时候，我的咽喉不知怎么的也梗塞住了，同时鼻子也酸了起来。这事件以后的第三天，上海的某书肆忽而寄来了一封挂号信和一篇小说的原稿，信上说：

"已经答应你的稿费一百元，因为这篇小说描写性欲太精细了，不能登载，只好作为罢论，以后还请先生赐以另外的稿子，本社无任欢迎。"

信上的言语虽然非常恭敬，但我非但替小孩做洋服的钱，和在家里的零用钱落了空，就是想再出去到北京上海来流离的路费也没有了。像这样的情形的故乡，当然不能久住，第二天我把我的女人所有的高价的衣服首饰，全部质入了当铺，得了百余块钱，再出奔至上海。我的女人和龙儿，送我上船的时候，都流着眼泪哭了。但龙儿这一回的哭却不是因为小脸上的痛，虽则他的创痕还没有除去。

重到上海，和仿吾玩了二天，因为他也正在筹划旅费，预备到广东去，所以第二天的晚上我就乘了夜快车回到北京来了。啊啊！万恶的首都，我还是离不了你！离不了你！

这一次到北京之后，已经差不多有两个半月的时间，但这两个半月中间，除为与《太平洋》杂志合作事，少行奔走外，什么事情也不做，什么书也不读，一半大约也因为那拿衣服首饰换来的一百块钱消费得太快，而继续进来的款子没有的原因。啊啊！沫若，再见吧！

一九二四年七月二十九日北京

回过头去
——献给上海的诸友

郑振铎

回过头去,你将望见那些向来不曾留恋过的境地,那些以前曾匆匆地吞嚼过的美味,那些使你低徊不已的情怀,以及一切一切;回过头去,你便如立在名山之最高峰,将一段一段所经历的胜迹及来路都一一重新加以检点、温记;你将永忘不了那蜿蜒于山谷间的小径,衬托着夕阳而愈幽倩,你将永忘不了那满盈盈的绿水,望下去宛如一盆盛着绿藻金鱼的晶缸,你将忘不了那金黄色的寺观之屋顶、塔尖,它们耸峙于柔黄的日光中,隐若使你忆记那屋盖下面的伟大的种种名迹。尤其在异乡的客子,当着凄凄寒雨,敲窗若泣之际，或途中的游士，孤身寄迹于舟车，离愁填满胸怀而无可告诉之际，最会回过头去。

如今是轮到我回过头去的份儿了。

孤舟——舟是不小，比之于大洋，却是一叶之于大江而已——奔驰于印度洋上，有的是墨蓝的海水，海水，海水，还有那半重浊、半晴明的天空；船头上下地簸动着，便如那天空在动荡；水与天接处的圆也有韵律地一上一下移动。第一天，第二天，第三天，一直是如此。没有片帆，没有一缕的轮烟，没有半节的地影，便连前几天在中国海常见的孤峙水中的小岛也没有。呵，我们是在大海洋中，是在大海洋的中央了。我开始对于海有些厌倦了，那海是如此单调的东西。我坐在甲板上，船栏外便是那墨蓝色的海水，海水，海水。勉强地闭了两眼，一张眼便又看见那墨蓝色的海水，海水，海水。我不愿看见，但它永远是送上眼来。到舱中躺下，舱洞外，又是那奔腾而过的墨蓝色的海水，海水，海水。闭了眼，没用！在上海，春夏之交，天天渴望着有一场舒适的午睡。工作日不敢睡；可爱的星期日要预备设法享用了它，不忍睡。于是，终于不曾有过一次舒适的午睡。现在，在海上，在舟中，厌倦，无聊，无工作，要午睡多么久都不成问题，然而奇怪！闭了眼，没用！

脸向内，向外，朝天花板，埋在枕下，都没用！我不能入睡。舱洞外的日光，映着海波而反照入天花板上，一摇一闪，宛如浓荫下树枝被风吹动时的日光。永久是那样的有韵律地一摇一闪。船是那样的簸动，床垫是如有人向上顶又往下拉似的起伏着；还是甲板上是最舒适的所在。不得已又上了甲板。甲板上有我的躺椅。我上去了见一个军官已占着它，说了声 Pardon，他便立起来走开；让我坐下了。前面船栏外是那墨蓝色的海水，海水，海水，左右尽是些异邦之音，在高谈，在絮语，在调情，在取笑，面前，时时并肩走过几对的军官，又是有韵律似的一来一往地走过面前，好似肚内装了发条的小儿玩具，一点也不变动，一点也不肯改换它们的路径，方向，步法。这些机械的无聊的散步者，又使我生了如厌倦那深蓝色的海水，海水，海水似的厌倦。

一切是那样的无生趣，无变化。

往昔，我常以日子过得太快而暗自心惊，一个星期，一个星期，如白鼠在笼中踏转轮似的那么快地飞过去。如今那下午，那黄昏，是如何的难消磨呀！铛铛铛，打了报时钟之后，等待第二次的报时钟的铛铛铛，是如何的悠久呀！如今是一时一刻地挨日子过，如今是强迫着过那有韵律的无变化的生活，强迫着见那一切无生趣无变动的人与物。

在这样的无聊赖中，能不回过头去望着过去么？

呵，呵，那么生动，那么有趣的过去。

长脸人的愈之面色焦黄，手指与唇边都因终日香烟不离而形成了洗涤不去的垢黄色，这曾使法租界的侦探误认他为烟犯而险遭拘捕，又加之以两劈疏朗朗的往下堕的胡子，益成了他的使人难忘的特征。我是最要和他打趣的。他那样的无抵抗的态度呀！

伯祥，圆脸而老成的军师，永远是我们的顾问；他那谈话与手势曾迷惑了我们的全体与无数的学生；只有我是常向他取笑的，往往的"伯翁这样""伯翁那样"地说着，笑着；他总是淡然地说道："伯翁就是那样好了。"只有圣陶和颉刚是常和他争论的，往往争论得面红耳热。

予同，我们同伴中的翩翩少年；春二三月，穿了那件湖色的纺绸长衫，头发新理过，又香又光亮，和风吹着他那件绸衫，风度是多么清俊呀！假如站在水涯，临流自照，能不顾影自怜！可惜闸北没有一条清莹的河流。

圣陶，别一个美秀的男性；那长到耳边的胡子如不剃去，却活是一个林长民——当然较他漂亮——剃了，却回复了他的少年，湖色的夹绸衫：漂亮——青缎马褂，毕恭毕敬的举止，唯唯呐呐若无成见的谦抑态度，每个人见了都要疑心他是一个"老学究"。谁也料不到他是意志极坚强的人。这使他老年了不少，这使他受了许多人的敬重。

东华，那瘦削的青年，是我们当中的最豪迈者。今天他穿着最漂亮的一身冬衣，明天却换了又旧又破的夹衣，冻得索索抖；无疑地，他的冬衣是进了质库。他常失踪了一二天，然后又埋了头坐在书桌上写译东西，连午饭也可以不吃，晚间可以写到明天三四点钟。他可以拿那样辛苦得来的金钱，一掷千金无悔。我们都没有他那样的勇气与无思虑。

调孚，他的矮身材，一见了便使人不会忘记。他向不放纵，酒也不喝，一放工便回家；他总是有条有理地工作着，也不诉苦也不夸扬。但有时，他也似乎很懒，有人拿东西请他填写，那是很重要的，他却一搁数月，直到了事变了三四次，他却始终未填！我猜想，他在家庭里是一个太好的父亲了。

石岑，我想到他的头上脸上的白斑点，不知现在已否退去或还在扩大它的领土。他第一次见人，永远是恳恳切切的，使人沉醉在他的无比的好意中。有时却也曾显出他的斩绝严厉的态度，我曾见他好几次吩咐门房说，有某人找他，只说他不在。他的谈话，是伯翁的对手。他曾将他的恋爱故事，由上海直说到镇江，由夜间十一时直说到第二天天色微明，这是一个不能忘记的一夜，圣陶，伯翁他们都感到深切的趣味。还有，他的耳朵会动，如猫狗兔似的，他曾因此引动了好几百个学生听讲的趣味。

还有，镇静而多计谋的雁冰，易羞善怒若小女子的仲云，他们可惜都在中国的中央，我们有半年以上不见了。

还有，声带尖锐的雪村老板，老干事故的乃乾，渴想放荡的锦晖，宣传人道主义的圣人傅彦长，还有许多许多——时刻在念的不能一一写出来的朋友们。

这些朋友一个个都若在我面前现出。

有人写信来问我说："你们的生活是闭户著书，目不窥园呢，还是天天卡尔登，夜夜安乐宫呢？"很抱歉的，我那时没有回答他。

说到我们的生活，真是稳定而无奇趣，我们几乎是不住在上海似的，固然不能说我们目不窥园——因为涵芬楼前就有一个小园子，我们曾常常去散散步——然而天天卡尔登的福气，我们可真还不曾享着。在我们的群中，还算是我，是一个常常跑到街上的人，一个星期中，总有两三个黄昏是在外面消磨过的，但却不是在什么卡尔登，安乐宫。有什么好影片子，便和君箴同到附近影戏院中去看；偶然也一个人去；远处的电影院便很少能使我们光顾了——

"今天 Apollo 的片子不坏，圣陶，你去么？"

"不，今天不去。"

"又要等到礼拜天才去么？"

他点点头。他们都是如此，几乎非礼拜天是不出闸北的。

除了喝酒，别的似乎不能打动圣陶和伯祥破例到"上海"去一次。

"今天喝酒去么？"

他们迟疑着。

"伯翁，去吧。去吧。"我半恳求地说。

"好的，先回家去告诉一声，"伯祥微笑地说，"大约你夫人又出去打牌了，所以你又来拉我们了。"我没有话好说，只是笑着。

"那么，走好了，愈之去不去？去问一声看。"圣陶说。

愈之虽不喝酒——他真是滴酒不入口的；他自己说，有一次在吃某亲眷的喜酒时，因为被人强灌了两杯酒，竟至昏倒地上，不省人事了半天。我们怕他昏倒，所以不敢勉强他喝酒——然而我们却很高兴邀他去,他也很高兴同去。有时,予同也加入。于是我们便成了很热闹的一群了。

那酒店——不是言茂源便是高长兴——总是在四马路的中段,那一段路也便是旧书铺的集中地。未入酒店之前,我总要在这些书铺里张张望望好一会;这是圣陶所最不高兴而伯祥,愈之所淡然的;我不愿意以一人而牵累了大家的行动,只得怅然地匆匆地出了铺门,有时竟至于望门不入。

我们要了几壶"本色"或"京庄",大约是"本色"为多。每人面前一壶。这酒店是以卖酒为主的,下酒的菜并不多。我们一边吃,一边要菜。即平常不大肯入口的蚕豆、毛豆在这时也觉得很有味。那琥珀色的"京庄",那象牙色的"本色",倾注在白瓷里的茶杯中,如一道金水;那微涩而适口的味儿,每使人沉醉而不自觉。圣陶,伯祥是保守着他们日常饮酒的习惯,一小口一小口,从容地喝着。但偶然也肯被迫地一口喝下了一大杯。我起初总喜欢豪饮,后来见了他们的一小口一小口地可以喝多量而不醉,便也渐渐地跟从了他们。每人大约不过是二三壶,便陶然有些酒意了。我们的闲谈源源不绝;那真是闲谈,一点也没有目的,一点也无顾忌。尽有说了好几次的话了,还不以为陈旧而无妨再说一次,我却总以愈之为目的而打趣他；他无法可以抵抗；"随他去说好了，就是这样也不要紧。"他往往的这样说。呵，我真思念他。假定他也同行，我们的这次旅游，便没有这样枯寂了！我说话往往得罪人，在生人堆里总强制着不敢多开口，只有在我们的群里是无话不谈，是尽心尽意而倾谈着，说错了不要紧，谁也不会见怪的，谁也不会肆以讥弹的。呵，如今我与他们是远隔着千里万里了；孤孤踽踽，时刻要留意自己的语言，何时再能有那样无顾忌的畅谈呀！

我们尽了二三壶酒，时间是八九点钟了，我们不敢久停留，于是大家便都有归意。又经过了书铺，我又想去看看，然而碍着他们，总是不进门的时候居多。不知怎样的，我竟是如此的"积习难忘"呀。

有几次独自出门，酒是没有兴致独自喝着，却肆意地在那几家旧书铺里东翻翻西挑挑。我买书不大讲价，有时买得很贵，然因此倒颇有些好书留给我。有时走遍了那几家而一无所得；懊丧没趣而归，有时却于无意得到那寻找已久的东西，那时便如拾到一件至宝，心中充满了喜悦。往往的，独自地到了一家菜馆，以杯酒自劳，一边吃着，一边翻翻看看那得到的书籍。如果有什么忧愁，如果那一天是曾碰着了不如意的事，当在这时，却是忘得一干二净，心中有的只是"满足"。

呵，有书癖者，一切有某某癖者，是有福了！

我尝自恨没有过过上海生活；有一次，亡友梦良，六儿经过上海，我们在吉升栈谈了一夜。天将明时六儿要了三碗白糖粥来吃。那甜美的粥呀，滑过舌头，滑下喉口是多么爽美，至今使我还忘不了它。去年的阴历新年，我因过年时曾于无意中多剩下些钱，便约了好些朋友畅谈了一二天，一二夜；曾有一夜，喝了酒后，偕了予同，锦晖，彦长他们到卡尔登舞场去一次，看那些翩翩的一对对舞侣，看那天花板上一明一亮的天空星月的象征，也颇为之移情。那一夜直至明早二时方归家。再有一夜，约了十几个人，在一品香借了一间房子聚谈；无目的地谈着，谈着，谈着，一直到了第二天早晨。再有一次是在惠中。心南先生第二天对我说：

"我昨夜到惠中去找朋友，见客牌上有你的名字，究竟是不是你？"

"是的，是我们几个朋友在那里闲谈。"

他觉得有些诧异。

地山回国时，我们又在一品香谈了一夜。彦长，予同，六逸，还有好些人，我们谈得真高兴，那高朗的语声也许曾惊扰了邻人的梦,那是我们很抱歉的!我们曾听见他们的低语,他们着了拖鞋而起来灭电灯,当然,他们是听得见我们的谈话的。

除了偶然的几次短旅行,我和君箴从没有分离过一夜;这几夜呀,为了不能自制的谈兴却冷落了她!

六逸,一个胖子,不大说话的,乃是我最早的邻居之一;看他肌肉那么盛满,却是常常的伤风。自从他结婚以后,却不大和我们在一处了。找他出来谈一次,是好不容易呀。

我们的"上海"生活不过是如此的平淡无奇,我的回忆不过是如此的平淡无奇。然而回过头去,我不禁怅然了!一个个的可恋念的旧友,一次次的忘不了的称心称意的谈话,即今细念着,细味着,也还可以暂忘了那抬头即见的墨蓝色的海水,海水,海水呢。

致沈从文

林徽因

1934 年 2 月 27 日

二哥：

　　世间事有你想不到的那么古怪，你的信来的时候正遇到我双手托着头在自恨自伤的一片苦楚的情绪中熬着。在廿四个钟头中，我前前后后，理智地，客观地，把许多纠纷痛苦和挣扎或希望或颓废的细目通通看过好几遍，一方面展开事实现察，一方面分析自己的性格情绪历史，别人的性格情绪历史，两人或两人以上互相的生活，情绪和历史，我只感到一种悲哀，失望，对自己对生活全都失望无兴趣。我觉到像我这样的人应该死去；减少自己及别人的痛苦！这或是暂时的一种情绪，一会儿希望会好。

在这样的消极悲伤的情景下，接到你的信，理智上，我虽然同情你所告诉我你的苦痛（情绪的紧张），在情感上我却很羡慕你那么积极那么热烈，那么丰富的情绪，至少此刻同我的比，我的显然萧条颓废消极无用。你的是在情感的尖锐上奔进！

可是此刻我们有个共同的烦恼，那便是可惜时间和精力，因为情绪的盘旋而耗废去。

你希望抓住理性的自己，或许找个聪明的人帮忙整理一下你的苦恼或是"横溢的情感"，设法把它安排妥帖一点，你竟找到我来，我懂得的，我也常常被同种的纠纷弄得左不是右不是，生活掀在波澜里，盲目地同危险周旋，累得我既为旁人焦灼，又为自己操心，又同情于自己又很不愿意宽恕放任自己。

不过我同你有大不同处：凡是在横溢奔放的情感中时，我便觉到抓住一种生活的意义，即使这横溢奔放的情感所发生的行为上纠纷是快乐与苦辣对渗的性质，我也不难过不在乎。我认定了生活本身原质是矛盾的，我只要生活；体验到极端的愉快，灵质的，透明的，美丽的近于神话理想的快活，以下我情愿也随着赔偿这天赐的幸福，埋在悲痛，纠纷，失望，无望，寂寞中推过若干时候，好像等自己的血来在创伤上结痂一样！一切我都在无声中忍受，默默地等天来布置我，没有一句话说！（我且说说来给你做个参考）

我所谓极端的，浪漫的或实际的都无关系，反正我的主义是要生活，没有情感的生活简直是死！生活必须体验丰富的情感，把自己变成丰富，宽大，能优容，能了解，能同情种种"人性"，能懂得自己，不苛责自己，也不苛责旁人，不难自己以所不能，也不难别人所不能，更不愿运命或是上帝，看清了世界本是各种人性混合做成的纠纷，人性又就是那么一回事，脱不掉生理，心理，环境，习惯，先天特质的凑合！把道德放大了讲，别裁判或裁削自己。任性到损害旁人时如果你不忍，你就根本办不到任性的事（如果你办得到，那你那种残忍，便是你自己性格里的一点特性，也用不着过分地去纠正），想做的事太多，并且互相冲突时，拣最想做——想做到顾不得旁的牺牲——的事做，未做时心中发生纠纷是免不了的，做后最用不着后悔，因为你既会去做，那桩事便一定是不可免的，别尽着罪过自己。

我方才所说到极端的愉快，灵质的，透明的，美丽的快乐，不知道你有否同一样感觉。我的确有过，我不忘却我的幸福。我认为最愉快的事都是一闪亮的，在一段较短的时间内迸出神奇的——如同两个人透彻地了解，一句话打到你心里，使得你理智和感情全觉到一万万分满足；如同相爱，在一个时候里，你同你自身以外另一个人互相以彼此存在为极端的幸福；如同恋爱，在那时那刻眼所见，耳所听，心所触无所不是美丽，情感如诗歌自然地流动，如花香那样不知其所以。这些种种便都是一生中不可多得的瑰宝。世界上没有多少人有那机会，且没有多少人有那种天赋的敏感和柔情来尝味那经验，所以就有那种机会也无用。如果有如诗剧神话般的实景，当时当事者本身却没有领会诗的情感又如何行？即使有了，只是浅俗的赏月折花的限量那又有什么话说？！转过来说，对悲哀的敏感容量也是生活中可贵处。当时当事，你也许得流出血泪，过去后那些在你经验中也是不可鄙视的创痂。（此刻说说话，我倒暂时忘记了我昨天到今晚已哭了廿四小时，中间仅仅睡着三四个钟头，方才在过分的失望中颓废着觉到浪费去时间精力，很使自己感叹。）在夫妇中间为着相爱纠纷自然痛苦，不过那种痛苦也是夹着极端丰富的幸福在内的。冷漠不关心的夫妇结合才是真正的悲剧！

如果在"横溢情感"和"僵死麻木的无情感"中叫我来拣一个，我毫无问题要拣上面的一个，不管是为我自己或是为别人。人活着的意义基本的是在能体验情感。能体验情感还得有智慧有思想来分别了解那情感——自己的或别人的！如果再能表现你自己所体验所了解的种种在文字上——不管那算是宗教或哲学，诗，或是小说，或是社会学论文——谁管那些——使得别人也更得点人生意义，那或许就是所有的意义了——不管人文明到什么程度，天文地理科学地通到哪里去，这点人性还是一样的主要，一样的是人生的关键。

在一些微笑或皱眉印象上称较分量，在无边际人事上驰骋细想正是一种生活。

算了吧！二哥，别太虐待自己，有空来我这里，咱们再费点时间讨论讨论它，你还可以告诉我一点实在情形。我在廿四小时中只在想自己如何消极到如此田地苦到如此如此，而使我苦得想去死的那个人自己在去上海火车中也苦得要命，已经给我来了两封电报一封信，这不是"人性"的悲剧么？那个人便是说他最不喜管人性的梁二哥！

徽因

你一定得同老金谈谈，他真是能了解同时又极客观极同情极懂得人性，虽然他自己并不一定会提起他的历史。

我所见的叶圣陶

朱自清

我第一次与圣陶见面是在民国十年的秋天。那时刘延陵兄介绍我到吴淞炮台湾中国公学教书。到了那边,他就和我说:"叶圣陶也在这儿。"我们都念过圣陶的小说,所以他这样告我。我好奇地问道:"怎样一个人?"出乎我的意外,他回答我:"一位老先生哩。"但是延陵和我去访问圣陶的时候,我觉得他的年纪并不老,只那朴实的服色和沉默的风度与我们平日所想象的苏州少年文人叶圣陶不甚符合罢了。

记得见面的那一天是一个阴天。我见了生人照例说不出话;圣陶似乎也如此。我们只谈了几句关于作品的泛泛的意见,便告辞了。延陵告诉我每星期六圣陶总回用直去；他很爱他的家。他在校时常邀延陵出去散步；我因与他不熟，只独自坐在屋里。不久，中国公学忽然起了风潮。我向延陵说起一个强硬的办法——实在是一个笨而无聊的办法！——我说只怕叶圣陶未必赞成。但是出乎我的意外，他居然赞成了！后来细想他许是有意优容我们吧；这真是老大哥的态度呢。我们的办法天然是失败了，风潮延宕下去；于是大家都住到上海来。我和圣陶差不多天天见面；同时又认识了西谛，予同诸兄。这样经过了一个月；这一个月实在是我的很好的日子。

我看出圣陶始终是个寡言的人。大家聚谈的时候，他总是坐在那里听着。他却并不是喜欢孤独，他似乎老是那么有味地听着。至于与人独对的时候，自然多少要说些话；但辩论是不来的。他觉得辩论要开始了，往往微笑着说："这个弄不大清楚了。"这样就过去了。他又是个极和易的人，轻易看不见他的怒色。他辛辛苦苦保存着的《晨报》副张，上面有他自己的文字的，特地从家里捎来给我看；让我随便放在一个书架上，给散失了。当他和我同时发现这件事时，他只略露惋惜的颜色，随即说："由他去末哉，由他去末哉！"我是至今惭愧着，因为我知道他作文是不留稿的。他的和易出于天性，并非阅历世故，矫揉造作而成。他对于世间妥协的精神是极厌恨的。在这一月中，我看见他发过一次怒——始终我只看见他发过这一次怒——那便是对于风潮的妥协论者的蔑视。

风潮结束了，我到杭州教书。那边学校当局要我约圣陶去。圣陶来信说："我们要痛痛快快游西湖，不管这是冬天。"他来了，教我上车站去接。我知道他到了车站这一类地方，是会觉得寂寞的。他的家实在太好了，他的衣着，一向都是家里管。我常想，他好像一个小孩子；像小孩子的天真，也像小孩子的离不开家里人。必须离开家里人时，他也得找些熟朋友伴着；孤独在他简直是有些可怕的。所以他到校时，本来是独住一屋的，却愿意将那间屋做我们两人的卧室，而将我那间做书室。这样可以常常相伴；我自然也乐意。我们不时到西湖边去；有时下湖，有时只喝喝酒。在校时各据一桌，我只预备功课，他却老是写小说和童话。初到时，学校当局来看过他。第二天，我问他，"要不要去看看他们？"他皱眉道："一定要去么？等一天吧。"后来始终没有去。他是最反对形式主义的。

那时他小说的材料，是旧日的储积；童话的材料有时却是片刻的感兴。如《稻草人》中《大喉咙》一篇便是。那天早上，我们都醒在床上，听见工厂的汽笛；他便说："今天又有一篇了，我已经想好了，来得真快呵。"那篇的艺术很巧，谁想他只是片刻的构思呢！他写文字时，往往拈笔伸纸，便手不停挥地写下去，开始及中间，停笔踌躇时绝少。他的稿子极清楚，每页至多只有三五个涂改的字。他说他从来是这样的。每篇写毕，我自然先睹为快；他往往称述结尾的适宜，他说对于结尾是有些把握的。看完，他立即封寄《小说月报》；照例用平信寄。我总劝他挂号；但他说："我老是这样的。"他在杭州不过两个月，写的真不少，教人羡慕不已。《火灾》里从《饭》起到《风潮》这七篇，还有《稻草人》中一部分，都是那时我亲眼看他写的。

在杭州待了两个月，放寒假前，他便匆匆地回去了；他实在离不开家，临去时让我告诉学校当局，无论如何不回来了。但他却到北平住了半年，也是朋友拉去的。我前些日子偶翻十一年的《晨报副刊》，看见他那时途中思家的小诗，重念了两遍，觉得怪有意思。北平回去不久，便入了商务印书馆编译部，家也搬到上海。从此在上海待下去，直到现在——中间又被朋友拉到福州一次，有一篇《将离》抒写那回的别恨，是缠绵悱恻的文字。这些日子，我在浙江乱跑，有时到上海小住，他常请了假和我各处玩儿或喝酒。有一回，我便住在他家，但我到上海，总爱出门，因此他老说没有能畅谈；他写信给我，老说这回来要畅谈几天才行。

十六年一月，我接眷北来，路过上海，许多熟朋友和我饯行，圣陶也在。那晚我们痛快地喝酒，发议论；他是照例地默着。酒喝完了，又去乱走，他也跟着。到了一处，朋友们和他开了个小玩笑；他脸上略露窘意，但仍微笑地默着。圣陶不是个浪漫的人；在一种意义上，他正是延陵所说的"老先生"。但他能了解别人，能谅解别人，他自己也能"作达"，所以仍然——也许格外——是可亲的。那晚快夜半了，走过爱多亚路，他向我诵周美成的词，"酒已都醒，如何消夜永！"我没有说什么；那时的心情，大约也不能说什么的。我们到一品香又消磨了半夜。这一回特别对不起圣陶；他是不能少睡觉的人。他家虽住在上海，而起居还依着乡居的日子；早七点起，晚九点睡。有一回我九点十分去，他家已熄了灯，关好门了。这种自然的，有秩序的生活是对的。那晚上伯祥说："圣兄明天要不舒服了。"想起来真是不知要怎样感谢才好。

第二天我便上船走了，一眨眼三年半，没有上南方去。信也很少，却全是我的懒。我只能从圣陶的小说里看出他心境的迁变；这个我要留在另一文中说。圣陶这几年里似乎到十字街头走过一趟，但现在怎么样呢？我却不甚了然。他从前晚饭时总喝点酒，"以半醺为度"；近来不大能喝酒了，却学了吹笛——前些日子说已会一出《八阳》，现在该又会了别的了吧。他本来喜欢看看电影，现在又喜欢听听昆曲了。但这些都不是"厌世"，如或人所说的；圣陶是不会厌世的，我知道。又，他虽会喝酒，加上吹笛，却不曾抽什么"上等的纸烟"，也不曾住过什么"小小别墅"，如或人所想的，这个我也知道。

1930年7月，北平清华园

我的良友

——悼王世瑛女士

冰心

一个朋友，嵌在一个人的心天中，如同星座在青空中一样，某一颗星陨落了，就不能去移另一颗星来填满她的位置！

我的心天中，本来星辰就十分稀少，失落了一颗大星，怎能使我不觉得空虚，惆怅？

我把朋友分为三类。第一类是有趣的，这类朋友，多半是很渊博，很隽永，纵谈起来乐而忘倦。月夕花晨，山颠水畔，他们常常是最赏心的伴侣。第二类是有才的，这类朋友，多半是才气纵横，或有奇癖，或不修边幅，尽管有许多地方，你的意见不能和他一致，面对于他精警的见解，迅疾的才具，常常会不能自已地心折。第三类是有情的，这类朋友，多半是静默冲和，温柔敦厚，在一起的时候，使人温暖，不见的时候，使人想念。尤其是在疾病困苦的时光，你会渴望着他的"同在"——王世瑛女士在我的朋友中，是属于有情的一类！

这并不是说世瑛是个无趣无才的人，世瑛趣有余而才非浅，不过她的"趣"和"才"都被她的"情"盖过了，淹没了。

世瑛和我，算起来有三十余年的交谊了，民国元年的秋天，我在福州，入了女子师范预科，那时我只十一岁，世瑛在本科三年级，她比我也只大三四岁光景。她在一班中年纪最小，梳辫子，穿裙子，平底鞋上还系着鞋带，十分的憨嬉活泼。因为她年纪小，就常常喜欢同低班的同学玩。她很喜欢我，我那时从海边初到城市，对一切都陌生畏怯，而且因为她是大学生，就有一点不大敢招揽，虽然我心里也很喜欢她。我们真正友谊的开始，还是"五四"那年同在北平就学的时代。

那年她在北平女高师就学，我也在北平燕京大学上课，相隔八九年之中，因着学校环境之不同，我们相互竟不知消息。直到五四运动掀起以后，女学界联合会，在青年会演剧筹款，各个学校单位都在青年会演习。我忘了女高师演的是什么，我们演的是莎士比亚的《威尼斯商人》。预演之夕,在二三幕之间,我独自走到楼上去,坐在黑暗里,凭阑下视,忽然听见后面有轻轻的脚步,一只温暖的手,按着我的肩膀,我回头一看,一个温柔的笑脸,问:"你是谢婉莹不是?你还记得王世瑛么?"

昏忙中我请她坐在我的旁边,黑暗的楼上,只有我们两个人,我们都注目台上,而谈话却不断地继续着。她告诉我当我在台上的时候,她就觉着面熟了,她向燕大的同学打听,证实了我是她童年的同学,一闭幕她就走到后台,从后台又跟到楼上……她笑了,说这相逢多么有趣!她问我燕大读书环境如何,又问"冰心是否就是你?"那时我对本校的同学,还没有公开地承认,对她却只好点了点头。三幕开始,我们就匆匆下去,从那时起,我们就成了最密的朋友。

那时我家住在北平东城中剪子巷,她住在西城砖塔胡同,北平城大,从东城到西城,坐洋车一走就是半天,大家都忙,见面的时候就很少。然而我们却常常通信,一星期可以有两三封。那时正是"五四"之役,大家都忙着讨论问题,一切事物,在重新估定价值的时候,问题和意见,就非常之多,我们在信里总感觉说不完,因此在彼此放学回家之后,还常常通电话,一说就是一两个钟头。我们的意见,自然不尽相同,而我们却都能容纳对方的意见。等到后来，我们通信的内容，渐渐轻松，电话里也常常是清闲的谈笑，有时她还叫我从电话中弹琴给她听，我的父亲母亲常常跟我开玩笑，说他们从来没有看见我同人家这样要好过，父亲还笑说，"你们以后打电话的时间要缩短一些，我的电话常常被你们阻断了！"

我在学校里对谁都好，同学们也都对我好，因而也没有什么特别的"朋友"。世瑛就很热情，除了同谁都好之外，她在同班中还特别要好的三位朋友，那就是黄瑛（庐隐）、陈定秀和程俊英，连她自己被同学称为四君子。文采风流，出入相共，……庐隐在她的小说《海滨故人》里，把她们的交谊，说得很详细——世瑛在四君子之中，是最稳静温和的，而世瑛还常常说我"冷"，说我交朋友的作风，和别人不一样。我常常向她分辩，说我并不是冷，不过各人情感的训练不同，表示不同，我告诉她我军人的家庭，童年的环境，她感着很大的兴趣……

然而我们并不是永远不见面。中央公园和北海在我们两家的中途，春秋假日，或是暑假里，我们常带着弟妹们去游赏——我们各有三个弟弟，她比我还多两个妹妹——小孩子奔走跳跃的时候，我们就坐在水榭或漪澜堂的阑旁，看水谈心。她砖塔胡同的家，外院有个假山，我们中剪子巷的门口大院里，也圈有一处花畦，有石凳秋千架等，假山和花畦之间，都是我们同游携手之地。我们往来的过访，至多半日，她多半是午饭后才来，黄昏回去，夏天有时就延至夜中。我们最欢喜在星夜深谈，写到这里，还想起一件故事：她在学生会刊物上写稿子，用的笔名是"一息"，我说"一息"这两字太衰飒，她就叫我替她取一个，我就拟了"一星"送她，我生平最爱星星，因集王次回的"明明可爱人如月"，和黄仲则的"一星如月看多时"两句诗，颂赞她是一个可爱的朋友，她欣然接受了。直至民国十二年我出国时为止，我们就这样淡而永地往来着。我比较冷静，她比较温柔，因此从来没有激烈的辩论，或吵过架，我们两家的人，都称我们"两小无猜"，算起来在朋友中，我同她谈的话最多，最彻底，通信的数量也最多（四五年之间，已在数百封以上），那几年是我们过往最密的时代，有多少最甜柔的故事，想起来使我非常的动心，留恋！

我出国去，她原定在北平东车站送行，因为那天早晨要替我赶完一件绒衣，到了车站，火车已经开走了，她十分惆怅，过几天她又赶到上海来送我上船。我感谢之余，还同她说，"假如我是你，送过一次也罢了，何必还赶这一场伤心的离别？"她泫然说，"就因为我不是你，我有我的想法！"——庐

隐有一首新诗,就记的是这件事,我只记得中间四句,是:

> 辛苦织成的绒衣,
> 竟赶不上做别离的赠品,
> 秋风阵阵价紧,
> 不嫌衣裳太薄吗?

在上海我们又盘桓了几天。动身之日,我早同她约定,她送我上船就走,不要看着船开,但她不能履行这珍重的诺言,船开出好远,她还呆立在码头上……

到美国以后,功课一忙,路途又远,我们通信的密度,就比从前差远了,我只知道从上海,她就回到福州去教书。在十三年的春天,我在美国青山养病,忽然得到她的一封信,信末提到张君劢先生向她求婚,问我这结合可不可以考虑,文句虽然是轻描淡写,而语意是相当的恳切。我和君劢先生素不相识,而他的哲学和政治的文章,是早已读过,世瑛既然问到我,这就表示她和她家庭方面,是没有问题的了,我即刻在床上回了一封信,竭力促成这件事,并请她告诉我以嘉礼的日期。那年的秋天,我就接到他们结婚的请柬,我记得我寄回去的礼物,是一只镶着橘红色宝石的手镯。

民国十五年秋天,我回国来,一到上海,就去访他们夫妇，那时他们的大孩子小虎诞生不久，世瑛还在床上，君劢先生赶忙下楼来接我，一见面就如同多年的熟朋友一样，极高兴恳切地握着我的手。上得楼来，做了母亲的世瑛，乍看见我似乎有点羞怯，但立刻就被喜悦和兴奋盖过了。我在她床沿杂乱地说了半小时的话，怕她累着，就告辞了出来。在我北上以前，还见了好几次，从他们的谈话中，态度上都看出他们是很理想的和谐的伴侣。在我同他们个别谈话的时候，我还珍重地向他们各个人道贺，为他们祝福。

民国十六年以后，我的父亲在上海做事，全家都搬到上海来。年假暑假我回家的时候，总是常到他们家里，世瑛又做了两个，三个孩子的母亲，她的敦厚温柔，更是有增无减，同时她对于君劢先生的文章事业，都感着极大的兴趣，尽力帮忙。我在一旁看着，觉得我对于世瑛的敬爱，也是有增无减！她在家是个好女儿，好姐姐，在校是个好学生，好教师，好朋友，出嫁是个好妻子，好母亲，这种人格，是需要相当的忍耐和不断的努力，她以永恒的天真和诚恳，温柔和坦白来与她的环境周旋，她永远是她周围的人的慰安和灵感！

民国廿年母亲去世以后，父亲又搬回北平来，我和世瑛见面的机会便少了。民国廿三年他们从德国回来，君劢先生到燕大来教书，我们住得很近，又温起当年的友谊。君劢先生和文藻都是书虫子，他们谈起书来，就到半夜，我和世瑛因此更常在一起。北平西郊的风景又美，春秋佳日，正多赏心乐事，那一两年我们同住的光阴，似乎比以前更深刻纯化了。

他们先离开了北平到了上海，我们在抗战以后也到了昆明，中间分别了六七年，各居一地，因着生活的紧张忙乱，在表面上，我们是疏远了。直到了前年，我们又在重庆见面，喜欢得几乎落下泪来，她握着我的手，说她听人说我总是生病，但出乎意外的我并不显得憔悴。我微笑了，我知道她的用心，她是在安慰我！我谢了她，我说，"抗战期间，大家都老了都瘦了，这是正常的表现，能不死就算好了。"她拦住我，说，"你总是爱说死字……"我一笑也就收住——谁知道她一个无病的人，倒先死了呢！

她住在汪山，我住在歌乐山，要相见就得渡一条江，翻一座岭，战时的交通，比什么都困难，弄到每年我们才能见到一两次面。她告诉我汪山有绿梅花。花时不可不来一赏，这约订了三年，也没有实现——我想我永不会到汪山去看梅花了，世瑛去了，就让我永远纪念这一个缺憾罢。

我们在重庆仅有的一次通讯。是她先给我写的，去年五月

一日,她到歌乐山来参加第一保育院的落成典礼,没有碰到我,她"怅惘而归",在重庆给我写了几行:

> 冰姐:
>
> 到重庆后,第一次去歌乐山……因为他们告诉我,你也许会来参加保育院的落成典礼……我可以告诉你,我在山上等你好久了……我念旧之情,与日俱深——也许是年龄的关系,使我常常忆旧——可是今天的事实,到了保育院,既未见你,而时间的限制,又无法去看你,惆怅而归,老八又告诉我,你身体不大好,使我更懊悔我错过了机会,不抽一刻时间来看你!我在山上几次动笔写信给你,终于未寄,今天无论如何,要写这几个字给你,或不是你所想得到的,我是怎样今情犹昔!再谈吧,祝你痊安!
>
> 瑛　五一

我在病榻上接到这封小简,十分高兴感动,那时正是杜鹃的季节,绿荫中一声声的杜宇,参和了忆旧的心情,使我觉得惆怅,我复她一信。中有"杜鹃叫得人心烦"之语,今年三月,她已弃我而逝,我更怕听见鹃啼,每逢听见声凄而长的"苦——苦",总使我矍然地心痛,尤其是在雨中或月下的夜半一连叠声的"苦——",枕上每使我凄然下泪……

世瑛毕竟到歌乐山来看我一次，那是去年夏日，她从北温泉回来，带着两个女儿，和她的弟弟世圻夫妇，在我们廊上，坐了半天。她十分称赞我们廊前的远景，我便约她得暇来住些时——我们末次的相见，是在去年九月，我们都在重庆。君劢先生的弟弟禹九夫妇，约我们在一起吃晚饭，饭后谈到我从前在北平到天桥寻访赛金花的事，世瑛听得很高兴，那时已将夜半，她便要留我住下。文藻笑问，"那么君劢呢？"世瑛也笑说，"君劢可以跟你回去住嘉庐。"我说，"我住待帆庐太舒服了，君劢住嘉庐却未免太委屈了他。"大家开了半天玩笑，但以第二天早晨我们还要开会，便终于走了，现在回想起来，追悔当初未曾留下，因为在我们三十余年的友谊中，还没有过"抵足而眠"的经历！

今年三月初，我到重庆去，听到了世瑛分娩在即的消息。她前年曾夭折了她的第三个儿子——小豹——如今又可以补上一个小的，我很为她高兴。那时君劢先生同文藻正在美国参加太平洋学会，我便写信报告文藻，说君劢先生又快要做父亲了，信写去不到十天，梅月涵先生到山上来，也许他不知道我和世瑛的交情罢，在晚餐桌上，他偶然提起，说，"君劢夫人在前天去世了，大约是难产。"我突然停了箸，似乎也停止了心跳，半天说不出话来。

我一夜无眠，第二天一早，就分函在重庆的张肖梅女士（张禹九夫人）和张𬭎真女士（王世圻夫人）询问究竟。我总觉得这消息过于突然，三十年来生动地活在我心上的人，哪能这样不言不语地就走掉了？我终日悬悬地等着回信，两封回信终于在几天内陆续来到，证实了这最不幸的消息！

𬭎真女士的信中说：

……六姐下山待产已月余，临产时心脏衰疲，心理上十分恐惧，产后即感不支，医师用尽方法，终未能挽回，婴儿男性，出生后不能呼吸，多方施救，始有生气，不幸延至次日，又复夭折……现灵柩暂寄浙江会馆……君劢旅中得此消息，伤痛可知，天意如斯，夫复何言……

肖梅女士信中说：

……二家嫂临终以前，并无遗言，想其内心痛苦已极，唯有以不了了之……

我不曾去浙江会馆，我要等着君劢先生回国来时，陪他同去。我不忍看见她的灵柩，唯有在安慰别人的时候，自己才鼓得起勇气！

我给文藻写了一封信,"……二十年来所看到的理想的快乐的夫妇,真是太希罕了,而这种生离死别的悲哀,就偏偏降临在他们的身上,我不忍想象君劢先生成了无'家'可归的人!假如他已得到国内的消息,你务必去郑重安慰他……"

六月中肖梅女士来访,她给我看了君劢先生挽世瑛的联语,是:

廿年来艰难与共,辛苦备尝,何图一别永诀
六旬矣报国有心,救世无术,忍负海誓山盟

她又提到君劢先生赴美前夕,世瑛同他对斟对饮,情意缠绵,弟妹们都笑他们比少年夫妻,还要恩爱,等到世瑛死后,他们都觉得这惜别的表现,有点近于预兆。

世瑛的身体素来很好,为人又沉静乐观,没有人会想到她会这样突然死去。二十年来她常常担心着我的健康,想不到素来不大健康的我,今夜会提笔来写追悼世瑛的文字!假如是她追悼我,她有更好的记忆力,更深的情感,她保存着更多的信件,她不定会写出多么缠绵悱恻的文章来!如今你的"冷静"的朋友,只能写这记帐式的一段,我何等的对不起你。不过,你走了,把这种东西留给我写,你还是聪明有福的!

一九四五年八月九日夜,重庆歌乐山

- 许广平
- 瞿秋白
- 梁遇春
- 郁达夫
- 徐志摩

伍

愿有岁月可回首,
且以深情共白头

最后的一天

许广平

今年的一整个夏天,正是鲁迅先生被病缠绕得透不过气来的时光,许多爱护他的人,都为了这个消息着急。然而病状有些好起来了。在那个时候,他说出一个梦:他走出去,看见两旁埋伏着两个人,打算给他攻击。他想:你们要当着我生病的时候攻击我吗?不要紧!我身边还有匕首呢,投出去掷在敌人身上。

梦后不久,病更减轻了。一切恶的征候都逐渐消灭了。他可以稍稍散步些时,可以有力气拔出身边的匕首投向敌人——用笔端冲倒一切——还可以看看电影,生活生活。我们战胜"死神"。在讴歌,在欢愉。生的欣喜布在每一个友朋的心坎中,每一个惠临的爱护他的人的颜面上。

他仍然可以工作,和病前一样。他与我们同在一起奋斗,向一切恶势力。

直至十七日的上午,他还续写《因太炎先生而想起的二三事》(以前有《关于太炎先生二三事》一文,似尚未发表)一文的中段。(他没有料到这是最后的工作,他原稿压在桌子上,预备稍缓再执笔。)午后,他愿意出去散步,我因有些事在楼下,见他穿好了袍子下扶梯。那时外面正有些风,但他已决心外出,衣服穿好之后,是很难劝止的。不过我姑且留难他,我说:"衣裳穿够了吗?"他探手摩摩,里面穿了绒线背心。说:"够了。"我又说:"车钱带了没有?"他理也不理就自己走去了。

回来天已不早了,随便谈谈,傍晚时建人先生也来了。精神甚好,谈至十一时,建人先生才走。

到十二时,我急急整理卧具。催促他,警告他,时候不早了。他靠在躺椅上,说:"我再抽一支烟,你先睡吧。"

等他到床上来,看看钟,已经一时了。二时他曾起来小解,人还好好的。再睡下,三时半,见他坐起来,我也坐起来。细察他呼吸有些异常,似气喘初发的样子。后来继以咳呛，咳嗽困难，兼之气喘更加厉害。他告诉我："两点起来过就觉睡眠不好，做噩梦。"那时正在深夜，请医生是不方便的，而且这回气喘是第三次了，也不觉得比前二次厉害。为了减轻痛苦起见，我把自己购置在家里的"忽苏尔"气喘药拿出来看：说明书上病肺的也可以服，心脏性气喘也可以服。并且说明急病每隔一二时可连服三次，所以三点四十分，我给他服药一包。至五点四十分，服第三次药，但病态并不见减轻。

从三时半病势急变起，他就不能安寝，连斜靠休息也不可能。终夜屈曲着身子，双手抱腿而坐。那种苦状，我看了难过极了。在精神上虽然我分担他的病苦，但在肉体上，是他独自担受一切的磨难。他的心脏跳动得很快，咚咚的声响，我在旁也听得十分清澈。那时天正在放亮，我见他拿左手按右手的脉门。脉跳得太快了，他是晓得的。

他叫我早上七点钟去托内山先生打电话请医生。我等到六点钟就匆匆地盥洗起来，六点半左右就预备去。他坐到写字桌前，要了纸笔，戴起眼镜预备写便条。我见他气喘太苦了，我要求不要写了，由我亲口托请内山先生好了，他不答应。无论什么事他都不肯马虎的。就是在最困苦的关头，他也支撑起来，仍旧执笔，但是写不成字，勉强写起来，每个字改正又改正。写至中途，我又要求不要写了，其余的由我口说好了。他听了很不高兴，放下笔，叹一口气，又拿起笔来续写，许久才凑成了那条子。那最后执笔的可珍贵的遗墨，现时由他的最好的老友留作纪念了。

清晨书店还没有开门，走到内山先生的寓所前，先生已走出来了，匆匆地托了他打电话，我就急急地回家了。

不久内山先生也亲自到来，亲手给他药吃，并且替他按摩背脊很久。他告诉内山先生说苦得很，我们听了都非常难受。

须藤医生来了，给他注射。那时双足冰冷，医生命给他热水袋暖脚，再包裹起来。两手指甲发紫大约是血压变态的缘故。我见医生很注意看他的手指，心想这回是很不平常而更严重了。但仍然坐在写字桌前椅子上。

后来换到躺椅上坐。八点多钟日报（十八日）到了。他问我："报上有什么事体？"我说："没有什么，只有《译文》的广告。"我知道他要晓得更多些，我又说："你的翻译《死魂灵》登出来了，在头一篇上。《作家》和《中流》的广告还没有。"

我为什么提起《作家》和《中流》呢？这也是他的脾

气。在往常，晚间撕日历时，如果有什么和他有关系的书出版时——但敌人骂他的文章，他倒不急于要看——他就爱提起："明天什么书的广告要出来了。"他怀着自己印好了一本好书一样的欢情，熬至第二天早晨，等待报纸到手，就急急地披览。如果报纸到得迟些，或者报纸上没有照预定的登出广告，那么，他很失望。虚拟出种种变故，直至广告出来或刊物到手才放心。

当我告诉他《译文》广告出来了，《死魂灵》也登出了，别的也连带知道，我以为可以使他安心了。然而不！他说："报纸给我，眼镜拿来。"我把那有广告的一张报给他，他一面喘息一面细看《译文》广告，看了好久才放下。原来他是在关心别人的文字，虽然在这样的苦恼状况底下，他还记挂着别人。这，我没有了解他，我不配崇仰他。这是他最后一次和文字接触，也是他最后一次和大众接触。那一颗可爱可敬的心呀！让他埋葬在大家伙的心之深处罢。

在躺椅上仍旧不能靠下来，我拿一张小桌子垫起枕头给他伏着，还是在那里喘息。医生又给他注射，但病状并不轻减，后来躺到床上了。

中午吃了大半杯牛奶，一直在那里喘息不止，见了医生似乎也在诉苦。

六点钟左右看护妇来了，给他注射和吸入酸素，氧气。

七点半钟我送牛奶给他，他说："不要吃。"过了些时，他又问："是不是牛奶来了？"我说："来了。"他说："给我吃一些。"饮了小半杯就不要了。其实是吃不下去，不过他恐怕太衰弱了支持不住，所以才勉强吃的。到此刻为止，我推测他还是希望好起来。他并不希望轻易放下他的奋斗力的。

晚饭后，内山先生通知我（内山先生为他的病从早上忙至夜里，一天没有停止）：希望建人先生来。我说："日里我问过他，要不要见见建人先生，他说不要。所以没有来。"内山先生说："还是请他来好。"后来建人先生来了。

喘息一直使他苦恼，连说话也不方便。看护和我在旁照料，给他揩汗。腿以上不时地出汗，腿以下是冰冷的。用两个热水袋温他。每隔两小时注强心针，另外吸入氧气。

十二点那一次注射后，我怕看护熬一夜受不住，我叫她困一下，到两点钟注射时叫醒她。这时由我看护他，给他揩汗。不过汗有些黏冷，不像平常。揩他手，他就紧握我的手，而且好几次如此。陪在旁边，他就说："时候不早了，你也可以睡了。"我说："我不瞌睡。"为了使他满意，我就对面地斜靠在床脚上。好几次,他抬起头来看我,我也照样看他。有时我还陪笑地告诉他病似乎轻松些了。但他不说什么又躺下了。也许这时他有什么预感吗?他没有说。我是没有想到问。后来连揩手汗时,他紧握我的手,我也没有勇气紧握回他了。我怕刺激他难过,我装作不知道。轻轻地放松他的手,给他盖好棉被。后来回想:我不知道,应不应该也紧握他的手,甚至紧紧地拥抱住他。在死神的手里把我的敬爱的人夺回来。如今是迟了!死神奏凯歌了。我那追不回的后悔呀。

从十二时至四时,中间饮过三次茶,起来解一次小手。人似乎有些烦躁,有好多次推开棉被,我们怕他受冷,连忙盖好。他一刻又推开,看护没法子,大约告诉他心脏十分贫弱,不可乱动,他往后就不大推开了。

五时,喘息看来似乎轻减,然而看护妇不等到六时就又给他注射,心想情形必不大好。同时她叫我托人请医生,那时内山先生的店员终夜在客室守候(内山先生和他的店员,这回是全体动员,营救鲁迅先生的急病的)。我匆匆嘱托他,建人先生也到楼上,看见他已头稍朝内,呼吸轻微了。连打了几针也不见好转。

他们要我呼唤他,我千呼百唤也不见他应一声。天是那么黑暗，黎明之前的乌黑呀，把他卷走了。黑暗是那么大的力量，连战斗了几十年的他也抵抗不住。医生说：过了这一夜，再过了明天，没有危险了。他就来不及等待到明天，那光明的白昼呀。而黑夜，那可诅咒的黑夜，我现在天天睁着眼睛瞪它，我将诅咒它直到我的末日来临。

　　　　　　十一月五日，记于先生死后的二星期又四天

致杨之华信四封

瞿秋白

一九二九年二月二十六日

之华：

今天接到你二月二十四日的信，这封信算是走得很快的了。

你的信，是如此之甜蜜，我像饮了醇酒一样，陶醉着。我知道你同着独伊去看《青鸟》，我心上非常之高兴。《青鸟》是梅德林的剧作（比利时的文学家），俄国剧院做得很好的。我在这里每星期也有两次电影看，有时也有好片子，不过从我来到现在，只有一次影片是好的，其余不过是消磨时间罢了。独伊看了《青鸟》一定是非常高兴，我的之华，你也要高兴的。

之华，我想如果我不延长在此的休息期，我三月八日就可以到莫斯科，如果我还要延长两星期那就要到三月二十日。我如何是好呢？我又想快些快些见着你，又想依你的话多休息几星期。我如何呢？之华，体力是大有关系的。我最近几天觉得人的兴致好些，我要运动，要滑雪，要打乒乓，想着将来的工作计划，想着如何地同你在莫斯科玩耍，如何地帮你读俄文，教你练习汉文。我自己将来想做的工作，我想是越简单越好，以前总是"贪多少做"。

可是，我的肺病仍然是不大好，最近两天右部的胸膛痛得厉害，医生又叫我用电光照了。

之华，《小说月报》怎么还没有寄来，问问云白看！

之华，独伊如此的和我亲热了，我心上极其欢喜，我欢喜她，想着她的有趣齐整的笑容，这是你制造出来的啊！之华，我每天总是梦着你或是独伊。梦中的你是如此之亲热……哈哈。

要睡了，要再梦见你。

秋白 二月二十六日晚

日子不慌不忙

一九二九年三月十二日

之华：

昨天接到你的三封信，只草草地写了几个字，一是因为邮差正要走了，二是因为兆征死的消息震骇得不堪，钱寄到的时候，我都不知道！（三十元已接到。）

整天的要避开一切人——心中的悲恸似乎不能和周围的笑声相容。面容是呆滞的，孤独地在冷清清的廊上走着。大家的欢笑，对于我都是很可厌的。那厅里送来的歌声，只使我想起：一切人的市侩式的幸福都是可鄙的，天下有什么事是可乐的呢？

一九二二年香港罢工（海员）的领袖，他是党里工人领袖中最直爽最勇敢的，如何我党又有如此之大的损失呢？前月我们和史太林谈话时，他所关心的问题，是如何的切合于群众的斗争的需要；他所教训我的——尤其是八七之后，是如何的深切。

可是他的死状，我丝毫也不知道，之华，你写的信里说得太不明白了。他是如何死的呢？

之华，你自己的病究竟怎样？我昨天因为兆征死的消息和念着你的病，一夜没有安眠，乱梦和噩梦颠倒神魂，今天觉得很不好过。我钱已经寄到了，一准二十一日早晨动身回莫。你快通知云白，叫他和□□①商量，怎样找汽车二十二日早上来接我，在 Бърянск 车站——车到的时刻可以去问一问；我这里是二十一日下午五时……分从 Лигяоb 车站开车。之华，你能来接我更好了！！！

之华，我只是想着你，想着你的心——这是多么甜蜜和陶醉。我的爱是日益地增长着，像火山的喷烈，之华，我要吻你，我俩格外地要保重自己的身体——我党的老同志凋谢得如此之早啊。仿佛觉得我还没有来得及做着丝毫呢！！

秋白　三月十二日

一九二九年三月十八日

之华：

昨天晚上写了一封信，现在已经觉得又和你离别了不知多少时候了，又想写信。

之华，再过四天，我俩可以见面了。我是多么高兴！今天

---

① 原抄存件此处字迹不清。

日子不慌不忙

这里的天气非常好，青天白云，太阳光耀着，冷风之中已经含着春意，在那里祝贺我俩的叙首呢。我数了一数你写给我的中俄文信一总有三十封了！我读了又读，只是陶醉在你的爱之中，像醉酒一样的甜蜜，同时，在字里行间我追随着你的忧愁或高兴，我觉得到你的一切一切！！之华，我吻你。

我最近又常常想起注音字母，常常想起罗马字母的发明是很重要的，我想同你一起研究，你可以帮我做许多工作，这是很有趣味的事。将来有许多人会跟着我们的发端，逐渐地改良，以至于可以通用到实际上去，使中国工农群众不要受汉字的苦。这或许要到五十年一百年之后，但是发端是不能怕难的。之华，我们每人必须找着一件有趣的大部分力量和生活放进去的事，生活就更好有意趣了！之华，我吻你，吻你。

你说，决定暂时不用功而注意身体。这是很好，我原是时时想着的，时时说的。之华，这不好是灰心，而是要觉得自由自在的。自己勉强固然是必须的，但是不是要自己苦自己。我俩虽已到中年了，可是至少还有二十年的生活呢，不要心急，不好焦灼。我一生就是吃这个苦。我是现在听着之华的话，立志要改变我的生活，之华，你自己也要如此，你要如此！！我俩快见面了！！！

秋白　一九二九年三月十八日

一九二九年七月十五日

之华：

临走的时候，极想你能送我一站，你竟徘徊着。

海风是如此的飘漾，晴明的天日照着我俩的离怀。相思的滋味又上心头，六年以来，这是第几次呢？空阔的天穹和碧落的海光，令人深深地了解那"天涯"的意义。海鸥绕着桅墙，像是依恋不舍，其实双双栖宿的海鸥，有着自由的两翅，还羡慕人间的鞅掌。我俩只是少健康，否则如今正是好时光，像海鸥样的自由，像海天般的空旷，正好准备着我俩的力量，携手上沙场。之华，我梦里也不能离你的印象。

独伊想起我吗？你一定要将地名留下，我在回来之时，要去看她一趟。下年她要能换一个学校，一定是更好了。

你去那里，尽心地准备着工作，见着娘家的人，多么好的机会。我追着就来，一定是可以同着回来，不像现在这样寂寞。你的病怎样？我只是牵记着。

可惜，这次不能写信，你不能写信。我要你弄一本小书。将你要写的话，写在书上，等我回来看！好不好？

秋白　七月十五日

她走了

梁遇春

她走了,走出这古城,也许就这样子永远走出我的生命了。她本是我生命源泉的中心里的一朵小花,她的根总是种在我生命的深处,然而此后我也许再也见不到那隐有说不出的哀怨的脸容了。这也可说我的生命的大部分已经从我生命里消逝了。

两年前我的懦怯使我将这朵花从心上轻轻摘下,(世上一切残酷大胆的事情总是懦怯弄出来的,许多自杀的弱者,都是因为起先太顾惜生命了,生命果然是安稳地保存着,但是自己又不得不把它扔掉。弱者只怕失败,终免不了一个失败,天天兜着这个圈子,兜的回数愈多,也愈离不开这圈子了！）——两年前我的懦怯使我将这朵小花从心上摘下，花叶上沾着几滴我的心血，它的根当还在我心里，我的血就天天从这折断处涌出，化成脓了。所以这两年来我的心里的贫血症是一年深一年了。今天这朵小花，上面还濡染着我的血，却要随着江水——清流乎？浊流乎？天知道！——流去，我就这么无能为力地站在岸上，这么心里狂涌出鲜红的血。

"谁道人生无再少，门前流水尚能西。"但是我凄惨地相信西来的弱水绝不是东去的逝波。否则，我愿意立刻化作牛矢满面的石板在溪旁等候那万万年后的某一天。

她走之前，我向她扯了多少瞒天的大谎呀！但是我的鲜血都把它们染成为真实了。还没有涌上心头时是个谎话，一经心血的洗礼，却变作真实的真实了。我现在认为这是我心血唯一的用处。若使她知道个个谎都是从我心房里榨出，不像那信口开河的真话，她一定不让我这样不断地扯谎着。我将我生命的精华搜集在一起，全放在这些谎话里面，掷在她的脚旁，于是乎我现在剩下来的只是这堆渣滓，这个永远是渣滓的自己。我好比一根火柴，跟着她已经擦出一朵神奇的火花了，此后的岁月只消磨于躺在地板上做根腐朽的木屑罢了！人们践踏又何妨呢？"推枰犹恋全输局"，我已经把我的一生推在一旁了，而且丝毫也不留恋着。

她劝我此后还是少抽烟,少喝酒,早些睡觉,我听着我心里欢喜得正如破晓的枝头弄舌的黄雀,我不是高兴她这么挂念着我,那是用不着证明的,也是言语所不能证明的,我狂欢的理由是我看出她以为我生命还未全行枯萎,尚有留恋自己生命的可能,所以她进言的时期还没有完全过去;否则,她还用得着说这些话吗?我捧着这血迹模糊的心求上帝,希望她永久保留有这个幻觉。我此后不敢不多喝酒,多抽烟,迟些睡觉,表示我的生命力尚未全尽,还有心情来扮个颓丧者,因此使她的幻觉不全是幻觉。虽然我也许不能再见她的倩影了,但是我却有些迷信,只怕她靠着直觉能够看到数千里外的我的生活情形。

她走之前,她老是默默地听我的忏情的话,她怎能说什么呢?我怎能不说呢?但是她的含意难伸的形容向我诉出这十几年来她辛酸的经验,悲哀已爬到她的眉梢同她的眼睛里去了,她还用得着言语吗?她那轻脆的笑声是她沉痛的心弦上弹出的绝调,她那欲泪的神情传尽人世间的苦痛,她使我凛然起敬,我觉得无限的惭愧,只好滤些清净的心血,凝成几句的谎言。天使般的你呀!我深深地明白你会原宥,我从你的原宥我得到我这个人唯一的价值。你对我说,"女子多半都是心地极偏狭的,顶不会容人的,我却是心地最宽大的。"你这句自白做了我黑暗的心灵的闪光。

我真的认识得你吗?真走到你心窝的隐处吗?我绝不这样自问着,我知道在我不敢讲的那个字的立场里,那个字就是唯一的认识。心心相契的人们哪里用得着知道彼此的姓名和家世。

你走了,我生命的弦戛然一声全断了,你听见了没有?

写这篇东西时,开头是用"她"字,但是有几次总误写作"你"字,后来就任情地写"你"字了。仿佛这些话迟早免不了被你瞧见,命运的手支配着我的手来写这篇文字,我又有什么办法哩!

水样的春愁

郁达夫

洋学堂里的特殊科目之一，自然是伊利哇拉的英文。现在回想起来，虽不免有点觉得好笑，但在当时，杂在各年长的同学当中，和他们一样地曲着背，耸着肩，摇摆着身体，用了读《古文辞类纂》的腔调，高声朗诵着皮衣啤，皮哀排的精神，却真是一点儿含糊苟且之处都没有的。初学会写字母之后，大家所急于想一试的，是自己的名字的外国写法；于是教英文的先生，在课余之暇就又多了一门专为学生拼英文名字的工作。有几位想走捷径的同学，并且还去问过先生，外国《百家姓》和外国《三字经》有没有得买的？先生笑着回答说，外国《百家姓》和《三字经》，就只有你们在读的那一本泼剌玛的时候,同学们于失望之余,反更是皮哀排,皮衣啤地叫得起劲。当然是不用说的,学英文还没有到一个礼拜,几本当教科书用的《十三经注疏》《御批通鉴辑览》的黄封面上,大家都各自用墨水笔题上了英文拼的歪斜的名字。又进一步,便是用了异样的发音,操英文说着"你是一只狗""我是你的父亲"之类的话,大家互讨便宜地混战;而实际上,有几位乡下的同学,却已经真的是两三个小孩子的父亲了。

因为一班之中,我的年龄算最小,所以自修室里,当监课的先生走后,另外的同学们在密语着哄笑着的关于男女的问题,我简直一点儿也感不到兴趣。从性知识发育落后的一点上说,我确不得不承认自己是一个最低能的人。又因自小就习于孤独,因于家境的结果,怕羞的心,畏缩的性,更使我的胆量,变得异常的小。在课堂上,坐在我左边的一位同学,年纪只比我大了一岁,他家里有几位相貌长得和他一样美的姊妹,并且住得也和学堂很近很近。因此,在校里,他就是被同学们苦缠得最厉害的一个;而礼拜天或假日,他的家里,就成了同学们的聚集的地方。当课余之暇,或放假期里,他原也恳切地邀过我几次,邀我上他家里去玩去;但形秽之感,终于把我的向往之心压住，曾有好几次想决心跟了他上他家去，可是到了他们的门口，却又同罪犯似的逃了。他以他的美貌，以他的财富和姊妹，不但在学堂里博得了绝大的声势，就是在我们那小小的县城里，也赢得了一般的好誉。而尤其使我羡慕的，是他的那一种对同我们是同年辈的异性们的周旋才略，当时我们县城里的几位相貌比较艳丽一点的女性，个个是和他要好的，但他也实在真胆大，真会取巧。

当时同我们是同年辈的女性，装饰入时，态度豁达，为大家所称道的，有三个。一个是一位在上海开店，富甲一邑的商人赵某的侄女；她住得和我最近。还有两个，也是比较富有的中产人家的女儿，在交通不便的当时，已经各跟了她们家里的亲戚，到杭州上海等地方去跑跑了；她们俩，却都是我那位同学的邻居。这三个女性的门前，当傍晚的时候，或月明的中夜，老有一个一个的黑影在徘徊；这些黑影的当中，有不少都是我们的同学。因为每到礼拜一的早晨，没有上课之先，我老听见有同学们在操场上笑说在一道，并且时时还高声地用着英文作了隐语，如"我看见她了！""我听见她在读书"之类。而无论在什么地方于什么时候的凡关于这一类的谈话的中心人物，总是课堂上坐在我的左边，年龄只比我大一岁的那一位天之骄子。

赵家的那位少女,皮色实在细白不过,脸形是瓜子脸;更因为她家里有了几个钱,而又时常上上海她叔父那里去走动的缘故,衣服式样的新异,自然可以不必说,就是做衣服的材料之类,也都是当时未开通的我们所不曾见过的。她的家里,只有一位寡母和一个年轻的女仆,而住的房子却很大很大。门前是一排柳树,柳树下还杂种着些鲜花;对面的一带红墙,是学宫的泮水围墙,泮池上的大树,枝叶垂到了墙外,红绿便映成着一色。当浓春将过,首夏初来的春三四月,脚踏着日光下石砌路上的树影,手捉着扑面飞舞的杨花,到这一条路上去走走,就是没有什么另外的奢望,也很有点像梦里的游行,更何况楼头窗里,时常会有那一张少女的粉脸出来向你抛一眼两眼的低眉斜视呢!

此外的两个女性,相貌更是完整,衣饰也尽够美丽,并且因为她俩的住址接近,出来总在一道,平时在家,也老在一处,所以胆子也大,认识的人也多。她们在二十余年前的当时,已经是开放得很,有点像现代的自由女子了,因而上她们家里去鬼混,或到她们门前去守望的青年,数目特别的多,种类也自然要杂。

日子不慌不忙

我虽则胆量很小，性知识完全没有，并且也有点过分的矜持，以为成日地和女孩子们混在一道，是读书人的大耻，是没出息的行为；但到底还是一个亚当的后裔，喉头的苹果，怎么也吐它不出咽它不下，同北方厚雪地下的细草萌芽一样，到得冬来，自然也难免得有些望春之意；老实说将出来，我偶尔在路上遇见她们中间的无论哪一个，或凑巧在她们门前走过一次的时候，心里也着实有点儿难受。

住在我那同学邻近的两位，因为距离的关系，更因为她们的处世知识比我长进，人生经验比我老成得多，和我那位同学当然是早已有过纠葛，就是和许多不是学生的青年男子，也各已有了种种的风说，对于我虽像是一种含有毒汁的妖艳的花，诱惑性或许格外的强烈，但明知我自己决不是她们的对手，平时不过于遇见时候有点难以为情的样子，此外倒也没有什么了不得的思慕，可是那一位赵家的少女，却整整地恼乱了我两年的童心。

我和她的住处比较得近，故而三日两头，总有着见面的机会。见面的时候，她或许是无心，只同对于其他的同年辈的男孩子打招呼一样，对我微笑一下，点一点头，但在我却感得同犯了大罪被人发觉了的样子，和她见面一次，马上要变得头昏耳热，胸腔里的一颗心突突地总有半个钟头好跳。因此，我上学去或下课回来，以及平时在家或出外去的时候，总无时无刻不在留心，想避去和她的相见。但遇到了她，等她走过去后，或用功用得很疲乏把眼睛从书本子举起的一瞬间，心里又老在盼望，盼望着她再来一次，再上我的眼面前来立着对我微笑一脸。

有时候从家中进出的人的口里传来，听说"她和她母亲又上上海去了，不知要什么时候回来！"我心里会同时感到一种像释重负又像失去了什么似的忧虑，生怕她从此一去，将永久地不回来了。

同芭蕉叶似的重重包裹着的我这一颗无邪的心，不知在什么地方，透露了消息，终于被课堂上坐在我左边的那位同学看穿了。一个礼拜六的下午，落课之后，他轻轻地拉着了我的手对我说："今天下午，赵家的那个小丫头，要上倩儿家去，你愿不愿意和我同去一道玩儿？"这里所说的倩儿，就是那两位他邻居的女孩子之中的一个的名字。我听了他的这一句密语，立时就涨红了脸，喘急了气，嗫嚅着说不出一句话来回答他，尽在拼命地摇头，表示我不愿意去，同时眼睛里也水汪汪地想哭出来的样子，而他却似乎已经看破了我的隐衷，得着了我的同意似的用强力把我拖出了校门。

到了倩儿她们的门口，当然又是一番争执，但经他大声的一喊，门里的三个女孩，却同时笑着跑出来了；已经到了她们的面前，我也没有什么别的办法了，自然只好俯着首，红着脸，同被绑赴刑场的死刑囚似的跟她们到了室内。经我那位同学带了滑稽的声调将如何把我拖来的情节说了一遍之后，她们接着就是一阵大笑。我心里有点气起来了，以为她们和他在侮辱我，所以于羞愧之上，又加了一层怒意。但是奇怪得很，两只脚却软落来了，心里虽在想一溜跑走，而腿神经终于不听命令。跟她们再到客房里去坐下，看他们四人捏起了骨牌，我连想跑的心思也早已忘掉，坐将在我那位同学的背后，眼睛虽则时时在注视着牌，但间或得着机会，也着实向她们的脸部偷看了许多次数。等她们的输赢赌完，一餐东道的夜饭吃过，我也居然和她们伴熟，有说有笑了。临走的时候，倩儿的母亲还派了我一个差使，点上灯笼，要我把赵家的女孩送回家去。自从这一回后，我也居然入了我那同学的伙，不时上赵家和另外的两女孩家去进出了；可是生来胆小，又加以毕业考试的将次到来，我的和她们的来往，终没有像我那位同学似的繁密。

正当我十四岁的那一年春天（一九〇九，宣统元年己酉），是旧历正月十三的晚上,学堂里于白天给予了我以毕业文凭及增生执照之后,就在大厅上摆起了五桌送别毕业生的酒宴。这一晚的月亮好得很,天气也温暖得像二三月的样子。满城的爆竹,是在庆祝新年的上灯佳节,我于喝了几杯酒后,心里也感到了一种不能抑制的欢欣。出了校门,踏着月亮,我的双脚,便自然而然地走向了赵家。她们的女仆陪她母亲上街去买蜡烛水果等过元宵的物品去了。推门进去,我只见她一个人拖着了一条长长的辫子,坐在大厅上的桌子边上洋灯底下练习写字。听见了我的脚步声音,她头也不朝转来,只曼声地问了一声"是谁?"我故意屏着声,提着脚,轻轻地走上了她的背后,一使劲一口就把她面前的那盏洋灯吹灭了。月光如潮水似的浸满了这一座朝南的大厅,她于一声高叫之后,马上就把头朝了转来。我在月光里看见了她那张大理石似的嫩脸,和黑水晶似的眼睛,觉得怎么也熬忍不住了,顺势就伸出了两只手去,捏住了她的手臂。两人的中间,她也不发一语,我也并无一言,她是扭转了身坐着,我是向她立着的。她只微笑着看看我看看月亮,我也只微笑着看看她看看中庭的空处,虽然此处的动作,轻薄的邪念,明显的表示,一点儿也没有,但不晓怎样一股满足,深沉,陶醉的感觉,竟同四周的月光一样,包满了我的全身。

两人这样地在月光里沉默着相对,不知过了多久,终于她轻轻地开始说话了:"今晚上你在喝酒?""是的,是在学堂里喝的。"到这里我才放开了两手,向她边上的一张椅子里坐了下去。"明天你就要上杭州去考中学去么?"停了一会,她又轻轻地问了一声。"嗳,是的,明朝坐快班船去。"两人又沉默着,不知坐了几多时候,忽听见门外头她母亲和女仆说话的声音渐渐儿地近了,她于是就忙着立起来擦洋火,点上了洋灯。

她母亲进到了厅上,放下了买来的物品,先向我说了些道贺的话,我也告诉了她,明天将离开故乡到杭州去;谈不上半点钟的闲话,我就匆匆告辞出来了。在柳树影里披了月光走回家来,我一边回味着刚才在月光里和她两人相对时的沉醉似的恍惚,一边在心的底里,忽而又感到了一点极淡极淡,同水一样的春愁。

一月五日

爱眉小札（节选）

徐志摩

八月九日起日札

"幸福还不是不可能的"，这是我最近的发现。

今天早上的时刻，过得甜极了。我只要你：有你我就忘却了一切，我什么都不想什么都不要了，因为我什么都有了。与你在一起没有第三人时，我最乐。坐着谈也好，走道也好，上街买东西也好，厂甸我何尝没有去过，但哪有今天那样的甜法。爱是甘草，这苦的世界有了它就好上口了。眉，你真玲珑，你真活泼，你真像一条小龙。

我爱你朴素，不爱你奢华。你穿上一件蓝布袍，你的眉目间就有一种特异的光彩，我看了心里就觉着不可名状的欢喜。朴素是真的高贵。你穿戴齐整的时候当然是好看，但那好看是寻常的，人人都认得的，素服时的眉，有我独到的领略。

"玩入丧德，玩物丧志"这话确有道理。我恨的是庸凡，平常，琐细，俗；我爱个性的表现。我的胸膛并不大，决计装不下整个或是甚至部分的宇宙。我的心河也不够深，常常有露底的忧愁。我即使小有才，决计不是天生的，我信是勉强来的，所以每回我写什么多少总是难产，我唯一的靠傍是刹那间的灵通。我不能没有心的平安，眉，只有你能给我心的平安。在你完全的蜜甜的高贵的爱里，我享受无上的心与灵的平安。

凡事开不得头，开了头便有重复，甚至成习惯的倾向。在恋中人也得提防小漏缝儿，小缝儿会变大窟窿，那就糟了。我见过两相爱的人因为小事情误会斗口，结果只有损失，没有利益。我们家乡俗谚有："一天相骂十八头，夜夜睡在一横头。"意思说是好夫妻也免不了吵。我可不信，我信合理的生活，动机是爱，知识是南针；爱的生活也不能纯粹靠感情，彼此的了解是不可少的。爱是帮助了解的力，了解是爱的成熟，最高的了解是灵魂的化合，那是爱的圆满功德。

没有一个灵性不是深奥的,要懂得,真认识一个灵性,是一辈子的工作。这功夫愈下愈有味,像逛山似的唯恐进得不深。

眉,你今天说想到乡间去过活,我听了顶欢喜,可是你得准备吃苦。总有一天我引你到一个地方,使你完全转变你的思想与生活的习惯。你这孩子其实是太娇养惯了!我今天想起旦农雪乌的《死的胜利》的结局;但中国人,哪配?眉,你我从今起对爱的生活负有做到他十全的义务。我们应得努力。眉,你怕死吗?眉,你怕活吗?活比死难得多!眉,老实说,你的生活一天不改变,我一天不得放心。但北京就是阻碍你新生命的一个大原因,因此我不免发愁。

我从前的束缚是完全靠理性解开的,我不信你的就不能用同样的方法。万事只要自己决心,决心与成功间的是最短的距离。

往往一个人最不愿意听的话,是他最应得听的话。

十日

我六时就醒了,一醒就想你来谈话,现在九时半了,难道你还不曾起身,我真等急了。

我有一个心,我有一个头,我心动的时候,头也是动的。我真应得谢天,我在这一辈子里,本来自问已是陈死人,竟然还能尝着生活的甜味,曾经享受过最完全,最奢侈的时辰,我从此是一个富人,再没有抱怨的口实,我已经知足。这时候,天坍了下来,地陷了下去,霹雳种在我的身上,我再也不怕死,不愁死,我满心只是感谢。即使眉你有一天(恕我这不可能的设想)心换了样,停止了爱我,那时我的心就像莲蓬似的载满了窟窿,我所有的热血都从这些窟窿里流走——即使有那样悲惨的一天,我想我还是不敢怨的,因为你我的心曾经一度灵通,那是不可灭的。上帝的意思到处是明显的,他的发落永远是平正的;我们永远不能批评,不能抱怨。

十一日

这过的是什么日子!我这心上压得多重呀!眉,我的眉,怎么好呢?霎时间有千百件事在方寸间起伏,是忧,是虑,是瞻前,是顾后,这笔上哪能写出?眉,我怕,我真怕世界与我们是不能并立的，不是我们把他们打毁成全我们的话，就是他们打毁我们，逼迫我们的死。眉，我悲极了，我胸口隐隐地生痛，我双眼盈盈的热泪，我就要你，我此时要你，我偏不能有你，喔！这难受——恋爱是痛苦，是的，眉，再也没有疑义。眉，我恨不得立刻与你死去，因为只有死可以给我们想望的清静，相互地永远占有。眉，我来献全盘的爱给你，一团火热的真情，整个儿给你，我也盼望你也一样拿整个、完全的爱还我。

世上并不是没有爱，但大多是不纯粹的，有漏洞的，那就不值钱，平常，浅薄。我们是有志气的，决不能放松一屑屑，我们得来一个直纯的榜样。眉，这恋爱是大事情，是难事情，是关生死超生死的事情——如其要到真的境界，那才是神圣，那才是不可侵犯。有同情的朋友是难得的，我们现在有少数的朋友，就思想见解论，在中国是第一流。他们如"先生"，如水王，如金——都是真爱你我，看重你我，期望你我的。他们要看我们做到一般人做不到的事，实现一般人梦想的境界。他们，我敢说，相信你我有这天赋，有这能力；他们的期望是最难得的，但同时你我负着的责任，那不是玩儿。对己，对友，对社会，对天，我们有奋斗到底，做到十全的责任！眉，你知道我近来心事重极了,晚上睡不着不说,睡着了就来怖梦,种种的顾虑整天像刀光似的在心头乱刺。眉,你又是在这样的环境里嵌着,连自由谈天的机会都没有,唉,这真是哪里说起!眉,我每晚睡在床上寻思时,我仿佛觉着发根里的血液一滴滴地消耗,在忧郁的思念中黑发变成苍白。一天廿四时,心头哪有一刻的平安——除了与你单独相对的俄顷,那是太难得了。眉,我们死去吧,眉,你知道我怎样的爱你,啊眉!比如昨天早上你不来电话,从九时半到十一时,我简直像是活抱着炮烙似的受罪,心那么的跳,那么的痛,也不知为什么,说你也不信,我躺在榻上直咬着牙,直翻身喘着哪!后来再也忍不住了,自己拿起了电话,心头那阵的狂跳,差一点把我晕了。谁知你一直睡着没有醒,我这自讨苦吃多可笑。但同时你得知道,眉,在恋中人的心理是最复杂的心理,说是最不合理可以,说是最合理也可以。眉,你肯不肯亲手拿刀割破我的胸膛,挖出我那血淋淋的心留着,算是我给你最后的礼物?

今朝上睡昏昏的只是在你的左右。那怖梦真可怕,仿佛有人用妖法来离间我们,把我迷在一辆车上,整天整夜地飞行了三昼夜,旁边坐着一个瘦长的严肃的妇人,像是运命自身,我昏昏的身体动不得,口开不得,听凭那妖车带着我跑,等得我醒来下车的时候,有人来对我说你已另订约了。我说不信,你带约指的手指忽在我眼前闪动,我一见就往石板上一头冲去,一声悲叫,就死在地下——正当你电话铃响把我震醒,我那时虽则醒了,把那一阵的凄惶与悲酸,像是灵魂出了窍似的,可怜呀,眉!我过来正想与你好好地谈半句钟天,偏偏你又得出门就诊去,以后一天就完了,四点以后过的是何等不自然而局促的时刻!我与适之谈,也是凄凉万状,我们的影子在荷池圆叶上晃着,我心里只是悲惨,眉呀!我心肝的眉呀!你快来伴我死去吧!

十二日

这在恋中人的心境真是每分钟变样,绝对的不可测度。昨天那样的受罪,今儿又这般的上天,多大的分别!像这样的艳福,世上能有几个人享着;像这样奢侈的光阴,这宇宙间能有几多?却不道我年前口占的"海外缠绵香梦境,销魂今日竟燕京",应在我的甜心眉的身上!海,明白了,我真又欢喜又感激;他这样才够交情,我从此完全信托他了。眉,你的福分可也真不小，当代贤哲你瞧都在你的妆台前听候差遣。海与先生争送花的故事极趣。眉，你该睡着了吧，这时候，我们又该梦会了！说也真怪，近来精神异常的抖擞，真想做事了；眉，你内助我，我要向外打仗去！

十六日

真怪，此刻我的手也直抖擞，从没有过的，眉，我的心，你说怪不怪，跟你的抖擞一样？想是你传给我的，好，让我们同病，叫这剧烈的心震震死了岂不是完事一宗？事情的确是到门了，眉！是往东走或是往西走，你赶快得定主意才是，再要含糊时大事就变成了玩笑，那可真不是玩！他那口气是最分明没有的了，那位京友我想一定是双心（手震好了），决不会第二个人。他现在的口气似乎比从前有主意得多，他已经准备"依法办理"；你听他的话"今年决不拦阻你"，好，这回像人了！他像人，我们还不争气吗？眉，这事情清楚极了，只要你的决心，娘，别说一个，十个也不能拦阻你。我的意思是我们回到南边去（你不愿我的名字混入第一步，固然是你的好意，但你知道那是不成功的，所以与其拖泥带浆还不如走大方的路，来一个干脆，只是情是真的。我们有什么见不得人面的地方？）找着百里做中间人，解决你与他的事情，第二步当然不用提及，虽则谁不明白？眉，你这回真不能再做小孩了，你得硬一硬心，一下解决了这大事，免得成天怀鬼胎过不自然的痛苦的日子。要知道你一天在这尴尬的境地里嵌着，我也心理上一天站不直，哪能真心去做事，害得谁都不舒服，真是何苦来？眉，救人就是自救，自救就是救人。我最恨的是苟且，因循，懦怯，在这上面无论什么事都是找不到基础的。有志事竟成，没有错儿。奋勇上前吧，眉，你不用怕，有我整个儿在你旁边站着，谁要动你分毫，有我拼着性命保护你，你还怕什么？

今晚我认账心上有点不舒服，但我有解释，理由很长，明天见面再说吧。我的心怀里，除了挚爱你的一片热情外，我决不容留任何夹杂的感想；这册《爱眉小札》里，除了登记因爱而流出的思想外，我也决不愿夹杂一些不值得的成分。眉，我是太痴了，自顶至踵全是爱，你得明白我，眉，得永远用你的柔情包住我这一团的热情，决不可有一丝的漏缝，因为那时就有爆裂的危险。

- 老舍
- 梁实秋
- 鲁迅
- 丰子恺
- 汪曾祺

陆

此去唯有梦里见,
夜半梦回又是空

宗月大师

老舍

在我小的时候,我因家贫而身体很弱。我九岁才入学。因家贫体弱,母亲有时候想教我去上学,又怕我受人家的欺侮,更怕交不上学费,所以一直到九岁我还不识一个字。说不定,我会一辈子也得不到读书的机会。因为母亲虽然知道读书的重要,可是每月间三四吊钱的学费,实在让她为难。母亲是最喜脸面的人。她迟疑不决,光阴又不等待着任何人,荒来荒去,我也许就长到十多岁了。一个十多岁的贫而不识字的孩子,很自然地是去做个小买卖——弄个小筐,卖些花生,煮豌豆,或樱桃什么的。要不然就是去学徒。母亲很爱我,但是假若我能去做学徒,或提篮沿街卖樱桃而每天赚几百钱,她或者就不会坚决地反对。穷困比爱心更有力量。

有一天刘大叔偶然地来了。我说"偶然地",因为他不常来看我们。他是个极富的人,尽管他心中并无贫富之别,可是他的财富使他终日不得闲,几乎没有工夫来看穷朋友。一进门,他看见了我。"孩子几岁了?上学没有?"他问我的母亲。他的声音是那么洪亮(在酒后,他常以学喊俞振庭的《金钱豹》自傲),他的衣服是那么华丽,他的眼是那么亮,他的脸和手是那么白嫩肥胖,使我感到我大概是犯了什么罪。我们的小屋,破桌凳,土炕,几乎禁不住他的声音的震动。等我母亲回答完,刘大叔马上决定:"明天早上我来,带他上学,学钱、书籍,大姐你都不必管!"我的心跳起多高,谁知道上学是怎么一回事呢!

第二天,我像一条不体面的小狗似的,随着这位阔人去入学。学校是一家改良私塾,在离我的家有半里多地的一座道士庙里。庙不甚大,而充满了各种气味:一进山门先有一股大烟味,紧跟着便是糖精味(有一家熬制糖球糖块的作坊),再往里,是厕所味,与别的臭味。学校是在大殿里,大殿两旁的小屋住着道士,和道士的家眷。大殿里很黑,很冷。神像都用黄布挡着,供桌上摆着孔圣人的牌位。学生都面朝西坐着,一共有三十来人。西墙上有一块黑板——这是"改良"私塾。老师姓李,一位极死板而极有爱心的中年人。刘大叔和李老师"嚷"了一顿,而后教我拜圣人及老师。老师给了我一本《地球韵言》和一本《三字经》。我于是,就变成了学生。

自从做了学生以后,我时常地到刘大叔的家中去。他的宅子有两个大院子,院中几十间房屋都是出廊的。院后,还有一座相当大的花园。宅子的左右前后全是他的房屋,若是把那些房子齐齐地排起来,可以占半条大街。此外,他还有几处铺店。每逢我去,他必招呼我吃饭,或给我一些我没有看见过的点心。他绝不以我为一个苦孩子而冷淡我,他是阔大爷,但是他不以富傲人。

在我由私塾转入公立学校去的时候,刘大叔又来帮忙。这时候,他的财产已大半出了手。他是阔大爷,他只懂得花钱,而不知道计算。人们吃他,他甘心教他们吃;人们骗他,他付之一笑。他的财产有一部分是卖掉的,也有一部分是被人骗了去的。他不管;他的笑声照旧是洪亮的。

到我在中学毕业的时候,他已一贫如洗,什么财产也没有了,只剩下那个后花园。不过,在这个时候,假若他肯用用心思,去调整他的产业,他还能有办法教自己丰衣足食,因为他的好多财产是被人家骗了去的。可是,他不肯去请律师。贫与富在他心中是完全一样的。假若在这时候,他要是不再随便花钱，他至少可以保住那座花园，和城外的地产。可是，他好善。尽管他自己的儿女受着饥寒，尽管他自己受尽折磨，他还是去办贫儿学校，粥厂等等慈善事业。他忘了自己。就是在这个时候，我和他过往得最密。他办贫儿学校，我去做义务教师。他施舍粮米，我去帮忙调查及散放。在我的心里，我很明白：放粮放钱不过只是延长贫民的受苦难的日期，而不足以阻拦住死亡。但是，看刘大叔那么热心，那么真诚，我就顾不得和他辩论，而只好也出点力了。即使我和他辩论，我也不会得胜，人情是往往能战败理智的。

在我出国以前，刘大叔的儿子死了。而后，他的花园也出了手。他入庙为僧，夫人与小姐入庵为尼。由他的性格来说，他似乎势必走入避世学禅的一途。但是由他的生活习惯上来说，大家总以为他不过能念念经，布施布施僧道而已，而绝对不会受戒出家。他居然出了家。在以前，他吃的是山珍海味，穿的是绫罗绸缎，他也嫖也赌。现在，他每日一餐，入秋还穿着件夏布道袍。这样苦修，他的脸上还是红红的，笑声还是洪亮的。对佛学，他有多么深的认识，我不敢说，我却真知道他是个好和尚，他知道一点便去做一点，能做一点便做一点。他的学问也许不高，但是他所知道的都能见诸实行。

出家以后，他不久就做了一座大寺的方丈。可是没有好久就被驱除出来。他是要做真和尚,所以他不惜变卖庙产去救济苦人。庙里不要这种方丈。一般地说,方丈的责任是要扩充庙产,而不是救苦救难的。离开大寺,他到一座没有任何产业的庙里做方丈。他自己既没有钱,他还须天天为僧众们找到斋吃。同时,他还举办粥厂等等慈善事业。他穷,他忙,他每日只进一顿简单的素餐,可是他的笑声还是那么洪亮。他的庙里不应佛事,赶到有人来请,他便领着僧众给人家去唪真经,不要报酬。他整天不在庙里,但是他并没忘了修持;他持戒越来越严,对经义也深有所获。他白天在各处筹钱办事,晚间在小室里做功夫。谁见到这位破和尚也不曾想到他会是个在金子里长起来的阔大爷。

去年,有一天他正给一位圆寂了的和尚念经,他忽然闭上了眼,就坐化了。火葬后,人们在他的身上发现许多舍利。

没有他,我也许一辈子也不会入学读书。没有他,我也许永远想不起帮助别人有什么乐趣与意义。他是不是真的成了佛?我不知道。但是,我的确相信他的居心与苦行是与佛极相近似的。我在精神上物质上都受过他的好处,现在我的确愿意他真的成了佛,并且盼望他以佛心引领我向善,正像在三十五年前,他拉着我去入私塾那样!

他是宗月大师。

我的一位国文老师

梁实秋

我在十八九岁的时候,遇见一位国文先生,他给我的印象最深,使我受益也最多,我至今不能忘记他。

先生姓徐,名镜澄,我们给他取的绰号是"徐老虎",因为他凶。他的相貌很古怪,他的脑袋的轮廓是有棱有角的,很容易成为漫画的对象。头很尖,秃秃的,亮亮的,脸形却是方方的,扁扁的,有些像《聊斋志异》绘图中的夜叉的模样。他的鼻子、眼睛、嘴好像是过分地集中在脸上很小的一块区域里。他戴一副墨晶眼镜,银丝小镜框,这两块黑色便成了他脸上最显著的特征。我常给他漫画,勾一个轮廓,中间点上两块椭圆形的黑块，便惟妙惟肖。他的身材高大，但是两肩总是耸得高高，鼻尖有一些红，像酒糟的，鼻孔里常常藏着两筒清水鼻涕，不时地吸溜着，说一两句话就要用力地吸溜一声，有板有眼有节奏，也有时忘了吸溜，走了板眼，上唇上便亮晶晶地吊出两根玉箸，他用手背一抹。他常穿的是一件灰布长袍，好像是在给谁穿孝，袍子在整洁的阶段时我没有赶得上看见，余生也晚，我看见那袍子的时候即已油渍斑斓。他经常是仰着头，迈着八字步，两眼望青天，嘴撇得瓢儿似的。我很难得看见他笑，如果笑起来，是狞笑，样子更凶。

　　我的学校很特殊的。上午的课全是用英语讲授，下午的课全是国语讲授。上午的课很严，三日一问，五日一考，不用功便要被淘汰，下午的课稀松，成绩与毕业无关。所以每到下午上国文之类的课程，学生们便不踊跃，课堂上常是稀稀拉拉的不大上座，但教员用拿毛笔的姿势举着铅笔点名的时候，学生却个个都到了，因为一个学生不止答一声到。真到了的学生，一部分从事午睡，微发鼾声，一部分看小说如《官场现形记》《玉梨魂》之类，一部分写"父母亲大人膝下"式的家书，一部分干脆瞪着大眼发呆，神游八表。有时候逗先生开玩笑。国文先生呢，大部分都是年高有德的，不是榜眼，就是探花，再不就是举人。他们授课不过是奉行故事,乐得敷敷衍衍。在这种糟糕的情形之下,徐老先生之所以凶,老是绷着脸,老是开口就骂人,我想大概是由于正当防卫吧。

有一天,先生大概是多喝了两盅,摇摇摆摆地进了课堂。这一堂是作文,他老先生拿起粉笔在黑板上写了两个字,题目尚未写完,当然照例要吸溜一下鼻涕,就在这吸溜之际,一位性急的同学发问了:"这题目怎样讲呀?"老先生转过身来,冷笑两声,勃然大怒:"题目还没有写完,写完了当然还要讲,没写完你为什么就要问?……"滔滔不绝地吼叫起来,大家都为之愕然。这时候我可按捺不住了。我一向是个上午捣乱下午安分的学生,我觉得现在受了无理的侮辱,我便挺身分辩了几句。这一下我可惹了祸,老先生把他的怒火都泼在我的头上了。他在讲台上来回踱着,吸溜一下鼻涕,骂我一句,足足骂了我一个钟头,其中警句甚多,我至今还记得这样的一句:

"×××!你是什么东西?我一眼把你望到底!"

这一句颇为同学们所传诵。谁和我有点争论遇到纠缠不清的时候,都会引用这一句"你是什么东西?我一眼把你望到底!"当时我看形势不妙,也就没有再多说,让下课铃结束了先生的怒骂。

201

但是从这一次起,徐先生算是认识我了。酒醒之后,他给我批改作文特别详尽。批改之不足,还特别地当面加以解释,我这一个"一眼望到底"的学生,居然成为一个受益最多的学生了。

徐先生自己选辑教材,有古文,有白话,油印分发给大家。《林琴南致蔡孑民书》是他讲得最为眉飞色舞的一篇。此外如吴敬恒的《上下古今谈》,梁启超的《欧游心影录》,以及张东荪的《时事新报》社论,他也选了不少。这样新旧兼收的教材,在当时还是很难得的开通的榜样。我对于国文的兴趣因此而提高了不少。徐先生讲国文之前,先要介绍作者,而且介绍得很亲切,例如他讲张东荪的文字时,便说:"张东荪这个人,我倒和他一桌上吃过饭……"这样的话是相当地可以使学生们吃惊的,吃惊的是,我们的国文先生也许不是一个平凡的人吧,否则怎样能够和张东荪一桌上吃过饭!

徐先生于介绍作者之后,朗诵全文一遍。这一遍朗诵可很有意思。他打着江北的官腔,咬牙切齿地大声读一遍,不论是古文或白话,一字不苟地吟咏一番,好像是演员在背台词,他把文字里蕴藏着的意义好像都给宣泄出来了。他念得有腔有调,有板有眼,有情感,有气势,有抑扬顿挫,我们听了之后，好像是已经领会到原文的意义的一半了。好文章掷地作金石声，那也许是过分夸张，但必须可以朗朗上口，那却是真的。

徐先生之最独到的地方是改作文。普通的批语"清通""尚可""气盛言宜"，他是不用的。他最擅长的是用大墨杠子大勾大抹，一行一行地抹，整页整页地勾；洋洋千余言的文章，经他勾抹之后，所余无几了。我初次经此打击，很灰心，很觉得气短，我掏心挖肝地好容易诌出来的句子，轻轻地被他几杠子就给抹了。但是他郑重地给我解释一会，他说："你拿了去细细地体味，你的原文是软趴趴的，冗长，懈啦咣唧的，我给你勾掉了一大半，你再读读看，原来的意思并没有失，但是笔笔都立起来了，虎虎有生气了。"我仔细一揣摩，果然。他的大墨杠子打得是地方，把虚泡囊肿的地方全削去了，剩下的全是筋骨。在这删削之间见出他的功夫。如果我以后写文章还能不多说废话，还能有一点点硬朗挺拔之气，还知道一点"割爱"的道理，就不能不归功于我这位老师的教诲。

徐先生教我许多作文的技巧。他告诉我："作文忌用过多的虚字。"该转的地方，硬转；该接的地方，硬接，文章便显着朴拙而有力。他告诉我，文章的起笔最难，要突兀矫健，要开门见山，要一针见血，才能引人入胜，不必兜圈子，不必说套语。他又告诉我，说理说至难解难分处，来一个譬喻，则一切纠缠不清的论难都迎刃而解了，何等经济，何等手腕！诸如此类的心得，他传授我不少，我至今受用。

我离开先生已将近五十年了，未曾与先生一通音讯，不知他云游何处，听说他已早归道山了。同学们偶尔还谈起"徐老虎"，我于回忆他的音容之余，不禁还怀着怅惘敬慕之意。

藤野先生

鲁迅

东京也无非是这样。上野的樱花烂熳的时节，望去确也像绯红的轻云，但花下也缺不了成群结队的"清国留学生"的速成班，头顶上盘着大辫子，顶得学生制帽的顶上高高耸起，形成一座富士山。也有解散辫子，盘得平的，除下帽来，油光可鉴，宛如小姑娘的发髻一般，还要将脖子扭几扭。实在标致极了。

中国留学生会馆的门房里有几本书买，有时还值得去一转；倘在上午，里面的几间洋房里倒也还可以坐坐的。但到傍晚，有一间的地板便常不免要咚咚咚地响得震天，兼以满房烟尘斗乱；问问精通时事的人，答道，"那是在学跳舞。"

到别的地方去看看，如何呢？

我就往仙台的医学专门学校去。从东京出发，不久便到一处驿站，写道：日暮里。不知怎地，我到现在还记得这名目。其次却只记得水户了，这是明的遗民朱舜水先生客死的地方。仙台是一个市镇，并不大；冬天冷得利害；还没有中国的学生。

大概是物以稀为贵罢。北京的白菜运往浙江，便用红头绳系住菜根，倒挂在水果店头，尊为"胶菜"；福建野生着的芦荟，一到北京就请进温室，且美其名曰"龙舌兰"。我到仙台也颇受了这样的优待，不但学校不收学费，几个职员还为我的食宿操心。我先是住在监狱旁边一个客店里的，初冬已经颇冷，蚊子却还多，后来用被盖了全身，用衣服包了头脸，只留两个鼻孔出气。在这呼吸不息的地方，蚊子竟无从插嘴，居然睡安稳了。饭食也不坏。但一位先生却以为这客店也包办囚人的饭食，我住在那里不相宜，几次三番，几次三番地说。我虽然觉得客店兼办囚人的饭食和我不相干，然而好意难却，也只得别寻相宜的住处了。于是搬到别一家，离监狱也很远，可惜每天总要喝难以下咽的芋梗汤。

从此就看见许多陌生的先生，听到许多新鲜的讲义。解剖学是两个教授分任的。最初是骨学。其时进来的是一个黑瘦的先生,八字须,戴着眼镜,挟着一叠大大小小的书。一将书放在讲台上,便用了缓慢而很有顿挫的声调,向学生介绍自己道:

"我就是叫作藤野严九郎的……。"

后面有几个人笑起来了。他接着便讲述解剖学在日本发达的历史,那些大大小小的书,便是从最初到现今关于这一门学问的著作。起初有几本是线装的;还有翻刻中国译本的,他们的翻译和研究新的医学,并不比中国早。

那坐在后面发笑的是上学年不及格的留级学生,在校已经一年,掌故颇为熟悉的了。他们便给新生讲演每个教授的历史。这藤野先生,据说是穿衣服太模胡了,有时竟会忘记戴领结;冬天是一件旧外套,寒颤颤的,有一回上火车去,致使管车的疑心他是扒手,叫车里的客人大家小心些。

他们的话大概是真的,我就亲见他有一次上讲堂没有戴领结。

过了一星期,大约是星期六,他使助手来叫我了。到得研究室,见他坐在人骨和许多单独的头骨中间,——他其时正在研究着头骨,后来有一篇论文在本校的杂志上发表出来。

"我的讲义,你能抄下来么?"他问。

"可以抄一点。"

"拿来我看!"

我交出所抄的讲义去,他收下了,第二三天便还我,并且说,此后每一星期要送给他看一回。我拿下来打开看时,很吃了一惊,同时也感到一种不安和感激。原来我的讲义已经从头到末,都用红笔添改过了,不但增加了许多脱漏的地方,连文法的错误,也都一一订正。这样一直继续到教完了他所担任的功课:骨学,血管学,神经学。

可惜我那时太不用功,有时也很任性。还记得有一回藤野先生将我叫到他的研究室里去,翻出我那讲义上的一个图来,是下臂的血管,指着,向我和蔼的说道:

"你看,你将这条血管移了一点位置了。——自然,这样一移,的确比较的好看些,然而解剖图不是美术,实物是那么样的,我们没法改换它。现在我给你改好了,以后你要全照着黑板上那样的画。"

但是我还不服气,口头答应着,心里却想道:

"图还是我画的不错;至于实在的情形,我心里自然记得的。"

学年试验完毕之后,我便到东京玩了一夏天,秋初再回学校,成绩早已发表了,同学一百余人之中,我在中间,不过是没有落第。这回藤野先生所担任的功课,是解剖实习和局部解剖学。

解剖实习了大概一星期,他又叫我去了,很高兴地,仍用了极有抑扬的声调对我说道:

"我因为听说中国人是很敬重鬼的,所以很担心,怕你不肯解剖尸体。现在总算放心了,没有这回事。"

但他也偶有使我很为难的时候。他听说中国的女人是裹脚的,但不知道详细,所以要问我怎么裹法,足骨变成怎样的畸形,还叹息道,"总要看一看才知道。究竟是怎么一回事呢?"

有一天,本级的学生会干事到我寓里来了,要借我的讲义看。我检出来交给他们,却只翻检了一通,并没有带走。但他们一走,邮差就送到一封很厚的信,拆开看时,第一句是:

"你改悔罢!"

这是《新约》上的句子罢,但经托尔斯泰新近引用过的。其时正值日俄战争,托老先生便写了一封给俄国和日本的皇帝的信,开首便是这一句。日本报纸上很斥责他的不逊,爱国青年也愤然,然而暗地里却早受了他的影响了。其次的话,大略是说上年解剖学试验的题目，是藤野先生在讲义上做了记号，我预先知道的，所以能有这样的成绩。末尾是匿名。

我这才回忆到前几天的一件事。因为要开同级会，干事便在黑板上写广告，末一句是"请全数到会勿漏为要"，而且在"漏"字旁边加了一个圈。我当时虽然觉到圈得可笑，但是毫不介意，这回才悟出那字也在讥刺我了，犹言我得了教员漏泄出来的题目。

我便将这事告知了藤野先生；有几个和我熟识的同学也很不平，一同去诘责干事托辞检查的无礼，并且要求他们将检查的结果，发表出来。终于这流言消灭了，干事却又竭力运动，要收回那一封匿名信去。结末是我便将这托尔斯泰式的信退还了他们。

中国是弱国，所以中国人当然是低能儿，分数在六十分以上，便不是自己的能力了：也无怪他们疑惑。但我接着便有参观枪毙中国人的命运了。第二年添教霉菌学，细菌的形状是全用电影来显示的，一段落已完而还没有到下课的时候，便影几片时事的片子，自然都是日本战胜俄国的情形。但偏有中国人夹在里边：给俄国人做侦探，被日本军捕获，要枪毙了，围着看的也是一群中国人；在讲堂里的还有一个我。

"万岁！"他们都拍掌欢呼起来。

这种欢呼，是每看一片都有的，但在我，这一声却特别听得刺耳。此后回到中国来，我看见那些闲看枪毙犯人的人们，他们也何尝不酒醉似的喝彩——呜呼，无法可想！但在那时那地，我的意见却变化了。

到第二学年的终结，我便去寻藤野先生，告诉他我将不学医学，并且离开这仙台。他的脸色仿佛有些悲哀，似乎想说话，但竟没有说。

"我想去学生物学，先生教给我的学问，也还有用的。"其实我并没有决意要学生物学，因为看得他有些凄然，便说了一个慰安他的谎话。

"为医学而教的解剖学之类，怕于生物学也没有什么大帮助。"他叹息说。

将走的前几天，他叫我到他家里去，交给我一张照相，后面写着两个字道："惜别。"还说希望将我的也送他。但我这时适值没有照相了；他便叮嘱我将来照了寄给他，并且时时通信告诉他此后的状况。

我离开仙台之后，就多年没有照过相，又因为状况也无聊，说起来无非使他失望，便连信也怕敢写了。经过的年月一多，话更无从说起，所以虽然有时想写信，却又难以下笔，这样的一直到现在，竟没有寄过一封信和一张照片。从他那一面看起来，是一去之后，杳无消息了。

但不知怎的，我总还时时记起他，在我所认为我师的之中，他是最使我感激，给我鼓励的一个。有时我常常想：他的对于我的热心的希望，不倦的教诲，小而言之，是为中国，就是希望中国有新的医学；大而言之，是为学术，就是希望新的医学传到中国去。他的性格，在我的眼里和心里是伟大的，虽然他的姓名并不为许多人所知道。

他所改正的讲义，我曾经订成三厚本，收藏着的，将作为永久的纪念。不幸七年前迁居的时候，中途毁坏了一口书箱，失去半箱书，恰巧这讲义也遗失在内了。责成运送局去找寻，寂无回信。只有他的照相至今还挂在我北京寓居的东墙上，书桌对面。每当夜间疲倦，正想偷懒时，仰面在灯光中瞥见他黑瘦的面貌，似乎正要说出抑扬顿挫的话来，便使我忽又良心发现，而且增加勇气了，于是点上一支烟，再继续写些为"正人君子"之流所深恶痛疾的文字。

十月十二日

怀李叔同先生

丰子恺

距今二十九年前,我十七岁的时候,最初在杭州的浙江省立第一师范学校里见到李叔同先生,即后来的弘一法师。那时我是预科生,他是我们的音乐教师。我们上他的音乐课时,有一种特殊的感觉:严肃。摇过预备铃,我们走向音乐教室,推进门去,先吃一惊:李先生早已端坐在讲台上。以为先生总要迟到而嘴里随便唱着、喊着,或笑着、骂着而推进门去的同学,吃惊更是不小。他们的唱声、喊声、笑声、骂声以门槛为界线而忽然消灭。接着是低着头,红着脸,去端坐在自己的位子里。端坐在自己的位子里偷偷地仰起头来看看,看见李先生的高高的瘦削的上半身穿着整洁的黑布马褂,露出在讲桌上,宽广得可以走马的前额,细长的凤眼,隆正的鼻梁,形成威严的表情。扁平而阔的嘴唇两端常有深涡,显示和蔼的表情。这副相貌,用"温而厉"三个字来描写,大概差不多了。讲桌上放着点名簿、讲义,以及他的教课笔记簿、粉笔。钢琴衣解开着,琴盖开着,谱表摆着,琴头上又放着一只时表,闪闪的金光直射到我们的眼中。黑板(是上下两块可以推动的)上早已清楚地写好本课内所应写的东西(两块都写好,上块盖着下块,用下块时把上块推开)。在这样布置的讲台上,李先生端坐着。坐到上课铃响出(后来我们知道他这脾气,上音乐课必早到。故上课铃响时,同学早已到齐),他站起身来,深深地一鞠躬,课就开始了。这样地上课,空气严肃得很。

有一个人上音乐课时不唱歌而看别的书,有一个人上音乐课时吐痰在地板上,以为李先生不看见的,其实他都知道。但他不立刻责备,等到下课后,他用很轻而严肃的声音郑重地说:"某某等一等出去。"于是这位某某同学只得站着。等到别的同学都出去了,他又用轻而严肃的声音向这某某同学和气地说:"下次上课时不要看别的书。"或者"下次痰不要吐在地板上。"说过之后他微微一鞠躬,表示"你出去罢"。出来的人大都脸上发红。又有一次下音乐课,最后出去的人无心把门一拉,碰得太重,发出很大的声音。他走了数十步之后,李先生走出门来,满面和气地叫他转来。等他到了,李先生又叫他进教室来。进了教室,李先生用很轻而严肃的声音向他和气地说:"下次走出教室,轻轻地关门。"就对他一鞠躬,送他出门,自己轻轻地把门关了。最不易忘却的,是有一次上弹琴课的时候。我们是师范生,每人都要学弹琴,全校有五六十架风琴及两架钢琴。风琴每室两架,给学生练习用;钢琴一架放在唱歌教室里,一架放在弹琴教室里。上弹琴课时,十数人为一组,环立在琴旁,看李先生范奏。有一次正在范奏的时候,有一个同学放一个屁,没有声音,却是很臭。钢琴及李先生十数同学全部沉浸在亚莫尼亚气体(即氨气)中。同学大都掩鼻或发出讨厌的声音。李先生眉头一皱,管自弹琴(我想他一定屏息着)。弹到后来,亚莫尼亚气散光了,他的眉头方才舒展。教完以后,下课铃响了。李先生立起来一鞠躬,表示散课。散课以后,同学还未出门,李先生又郑重地宣告:"大家等一等去,还有一句话。"大家又肃立了。李先生又用很轻而严肃的声音和气地说:"以后放屁,到门外去,不要放在室内。"接着又一鞠躬,表示叫我们出去。同学都忍着笑,一出门来,大家快跑,跑到远处去大笑一顿。

李先生用这样的态度来教我们音乐,因此我们上音乐课时,觉得比上其他一切课更严肃。同时对于音乐教师李叔同先生,比对其他教师更敬仰。那时的学校,首重的是所谓"英、国、算",即英文、国文和算学。在别的学校里,这三门功课的教师最有权威;而在我们这师范学校里,音乐教师最有权威,因为他是李叔同先生的缘故。

李叔同先生为什么能有这种权威呢?不仅为了他学问好,不仅为了他音乐好,主要的还是为了他态度认真。李先生一生的最大特点是"认真"。他对于一件事,不做则已,要做就非做得彻底不可。

他出生于富裕之家,他的父亲是天津有名的银行家。他是第五位姨太太所生。他父亲生他时,年已七十二岁。他堕地后就遭父丧,又逢家庭之变,青年时就陪了他的生母南迁上海。在上海南洋公学读书奉母时,他是一个翩翩公子。当时上海文坛有著名的沪学会,李先生应沪学会征文,名字屡列第一。从此他就为沪上名人所器重,而交游日广,终以"才子"驰名于当时的上海。所以后来他母亲死了,他赴日本留学的时候,作一首《金缕曲》,词曰:"披发佯狂走。莽中原,暮鸦啼彻,几株衰柳。破碎河山谁收拾？零落西风依旧。便惹得离人消瘦。行矣临流重太息，说相思刻骨双红豆。愁黯黯，浓于酒。漾情不断淞波溜。恨年年，絮飘萍泊，遮难回首。二十文章惊海内，毕竟空谈何有！听匣底苍龙狂吼。长夜西风眠不得，度群生那惜心肝剖。是祖国，忍孤负？"读这首词，可想见他当时豪气满胸，爱国热情炽盛。他出家时把过去的照片统统送我，我曾在照片中看见过当时在上海的他：丝绒碗帽，正中缀一方白玉，曲襟背心，花缎袍子，后面挂着胖辫子，底下缎带扎脚管，双梁厚底鞋子，头抬得很高，英俊之气，流露于眉目间。真是当时上海一等的翩翩公子。这是最初表示他的特性：凡事认真。他立意要做翩翩公子，就彻底地做一个翩翩公子。

后来他到日本，看见明治维新的文化，就渴慕西洋文明。他立刻放弃了翩翩公子的态度，改做一个留学生。他入东京美术学校，同时又入音乐学校。这些学校都是模仿西洋的，所教的都是西洋画和西洋音乐。李先生在南洋公学时英文学得很好，到了日本，就买了许多西洋文学书。他出家时曾送我一部残缺的原本《莎士比亚全集》，他对我说："这书我从前细读过，有许多笔记在上面，虽然不全，也是纪念物。"由此可想见他在日本时，对于西洋艺术全面进攻，绘画、音乐、文学、戏剧都研究。后来他在日本创办春柳剧社，纠集留学同志，共演当时西洋著名的悲剧《茶花女》（小仲马著）。他自己把腰束小，扮作茶花女，粉墨登场。这照片，他出家时也送给我，一向归我保藏，直到抗战时为兵火所毁。现在我还记得这照片：卷发，白的上衣，白的长裙拖在地面，腰身小到一把，两手举起托着后头，头向右侧歪，眉峰紧蹙，眼波斜睇，正是茶花女自伤命薄的神情。另外还有许多演剧的照片，不可胜记。这春柳剧社后来迁回中国，李先生就脱出，由另一班人去办，便是中国最初的"话剧"社。由此可以想见，李先生在日本时，是彻头彻尾的一个留学生。我见过他当时的照片：高帽子、硬领、硬袖、燕尾服、史的克（手杖）、尖头皮鞋，加之长身、高鼻，没有脚的眼镜夹在鼻梁上，竟活像一个西洋人。这是第二次表示他的特性：凡事认真。学一样，像一样。要做留学生，就彻底地做一个留学生。

他回国后，在上海太平洋报社当编辑。不久，就被南京高等师范请去教图画、音乐。后来又应杭州师范之聘，同时兼任两个学校的课，每月中半个月住南京，半个月住杭州。两校都请助教，他不在时由助教代课，我就是杭州师范的学生。这时候，李先生已由留学生变为"教师"，这一变，变得真彻底：漂亮的洋装不穿了，却换上灰色粗布袍子、黑布马褂、布底鞋子。金丝边眼镜也换了黑的钢丝边眼镜。他是一个修养很深的美术家，所以对于仪表很讲究。虽然布衣，却很称身，常常整洁。他穿布衣，全无穷相，而另具一种朴素的美。你可想见，他是扮过茶花女的，身材生得非常窈窕。穿了布衣，仍是一个美男子。"淡妆浓抹总相宜"，这诗句原是描写西子的，但拿来形容我们的李先生的仪表，也很适用。今人侈谈"生活艺术化"，大都好奇立异，非艺术的。李先生的服装，才真可称为生活的艺术化。他一时代的服装，表出着一时代的思想与生活。各时代的思想与生活判然不同，各时代的服装也判然不同。布衣布鞋的李先生，与洋装时代的李先生、曲襟背心时代的李先生，判若三人。这是第三次表示他的特性：认真。

我二年级时，图画归李先生教。他教我们木炭石膏模型写生。同学一向描惯临画，起初无从着手。四十余人中，竟没有一个人描得像样的。后来他范画给我们看。画毕把范画揭在黑板上。同学们大都看着黑板临摹。只有我和少数同学，依他的方法从石膏模型写生。我对于写生，从这时候开始发生兴味。我到此时，恍然大悟：那些粉本原是别人看了实物而写生出来的。我们也应该直接从实物写生入手，何必临摹他人依样画葫芦呢？于是我的画进步起来。此后李先生与我接近的机会更多。因为我常去请他教画，又教日本文。以后的李先生的生活，我所知道的较为详细。他本来常读性理的书，后来忽然信了道教，案头常常放着道藏。那时我还是一个毛头青年，谈不到宗教。李先生除绘事外，并不对我谈道。但我发见他的生活日渐收敛起来，仿佛一个人就要动身赴远方时的模样。他常把自己不用的东西送给我。他的朋友日本画家大野隆德、河合新藏、三宅克己等到西湖来写生时，他带了我去请他们吃一次饭，以后就把这些日本人交给我，叫我引导他们（我当时已能讲普通应酬的日本话）。他自己就关起房门来研究道学。有一天，他决定入大慈山去断食，我有课事，不能陪去，由校工闻玉陪去。数日之后，我去望他。见他躺在床上，面容消瘦，但精神很好，对我讲话，同平时差不多。他断食共十七日，由闻玉扶起来，摄一个影，影片上端由闻玉题字："李息翁先生断食后之像，侍子闻玉题。"这照片后来制成明信片分送朋友。像的下面用铅字排印着："某年月日，入大慈山断食十七日，身心灵化，欢乐康强——欣欣道人记。"李先生这时候已由"教师"一变而为"道人"了。学道就断食十七日，也是他凡事"认真"的表示。

但他学道的时候很短。断食以后，不久他就学佛。他自己对我说，他的学佛是受马一浮先生指示的。出家前数日，他同我到西湖玉泉去看一位程中和先生。这程先生原来是当军人的，现在退伍，住在玉泉，正想出家为僧。李先生同他谈得很久。此后不久，我陪大野隆德到玉泉去投宿，看见一个和尚坐着，正是这位程先生。我想称他"程先生"，觉得不合；想称他法师，又不知道他的法名（后来知道是弘伞）。一时周章得很。我回去对李先生讲了，李先生告诉我，他不久也要出家为僧，就做弘伞的师弟。我愕然不知所对。过了几天，他果然辞职，要去出家。出家的前晚，他叫我和同学叶天瑞、李增庸三人到他的房间里，把房间里所有的东西送给我们三人。第二天，我们三人送他到虎跑。我们回来分得了他的"遗产"，再去望他时，他已光着头皮，穿着僧衣，俨然一位清癯的法师了。我从此改口，称他为"法师"。法师的僧腊二十四年。这二十四年中，我颠沛流离，他一贯到底，而且修行功夫愈进愈深。当初修净土宗，后来又修律宗。律宗是讲究戒律的，一举一动，都有规律，严肃认真之极。这是佛门中最难修的一宗。数百年来，传统断绝，直到弘一法师方才复兴，所以佛门中称他为"重兴南山律宗第十一代祖师"。他的生活非常认真。举一例说：有一次我寄一卷宣纸去，请弘一法师写佛号。宣纸多了些，他就来信问我，余多的宣纸如何处置？又有一次，我寄回件邮票去，多了几分。他把多的几分寄还我。以后我寄纸或邮票，就预先声明：余多的送与法师。有一次他到我家。我请他藤椅子里坐。他把藤椅子轻轻摇动，然后慢慢地坐下去。起先我不敢问。后来看他每次都如此，我就启问。法师回答我说："这椅子里头，两根藤之间，也许有小虫伏着。突然坐下去，要把它们压死，所以先摇动一下，慢慢地坐下去，好让它们走避。"读者听到这话，也许要笑。但这正是做人极度认真的表示。

如上所述，弘一法师由翩翩公子一变而为留学生，又变而为教师，三变而为道人，四变而为和尚。每做一种人，都做得十分像样。好比全能的优伶：起青衣像个青衣，起老生像个老生，起大面又像个大面……都是"认真"的缘故。

现在弘一法师在福建泉州圆寂了。噩耗传到贵州遵义的时候，我正在束装，将迁居重庆。我发愿到重庆后替法师画像一百帧，分送各地信善，刻石供养。现在画像已经如愿了。我和李先生在世间的师弟尘缘已经结束，然而他的遗训——认真——永远铭刻在我心头。

一九四三年四月，弘一法师圆寂后一百六十七日，
作于四川五通桥客寓

沈从文先生在西南联大

汪曾祺

沈先生在联大开过三门课：各体文习作、创作实习和中国小说史。三门课我都选了，——各体文习作是中文系二年级必修课，其余两门是选修。西南联大的课程分必修与选修两种。中文系的语言学概论、文字学概论、文学史(分段)……是必修课，其余大都是任凭学生自选。诗经、楚辞、庄子、昭明文选、唐诗、宋诗、词选、散曲、杂剧与传奇……选什么，选哪位教授的课都成。但要凑够一定的学分(这叫"学分制")。一学期我只选两门课，那不行。自由，也不能自由到这种地步。

创作能不能教？这是一个世界性的争论问

题。很多人认为创作不能教。我们当时的系主任罗常培先生就说过：大学是不培养作家的，作家是社会培养的。这话有道理。沈先生自己就没有上过什么大学。他教的学生后来成为作家的，也极少。但是也不是绝对不能教。沈先生的学生现在能算是作家的，也还有那么几个。问题是由什么样的人来教，用什么方法教。现在的大学里很少开创作课的，原因是找不到合适的人来教。偶尔有大学开这门课的，收效甚微，原因是教得不甚得法。

教创作靠"讲"不成。如果在课堂上讲鲁迅先生所讥笑的"小说作法"之类，讲如何作人物肖像，如何描写环境，如何结构，结构有几种——攒珠式的、橘瓣式的……那是要误人子弟的，教创作主要是让学生自己"写"。沈先生把他的课叫作"习作""实习"，很能说明问题。如果要讲，那"讲"要在"写"之后。就学生的作业，讲他的得失。教授先讲一套，让学生照猫画虎，那是行不通的。

沈先生是不赞成命题作文的，学生想写什么就写什么。但有时在课堂上也出两个题目。沈先生出的题目都非常具体。我记得他曾给我的上一班同学出过一个题目：我们的小庭院有什么。有几个同学就这个题目写了相当不错的散文，都发表了。他给比我低一班的同学曾出过一个题目：记一间屋子里的空气！我的那一班出过些什么题目，我倒不记得了。沈先生为什么出这样的题目？他认为：先得学会车零件，然后才能学组装。我觉得先作一些这样的片段的习作，是有好处的，这可以锻炼基本功。现在有些青年文学爱好者，往往一上来就写大作品，篇幅很长，而功力不够，原因就在零件车得少了。

沈先生的讲课，可以说是毫无系统。前已说过，他大都是看了学生的作业，就这些作业讲一些问题。他是经过一番思考的，但并不去翻阅很多参考书。沈先生读很多书，但从不引经据典，他总是凭自己的直觉说话，从来不说亚里士多德怎么说、福楼拜怎么说、托尔斯泰怎么说、高尔基怎么说。他的湘西口音很重，声音又低，有些学生听了一堂课，往往觉得不知道听了一些什么。沈先生的讲课是非常谦抑，非常自制的。他不用手势，没有任何舞台道白式的腔调，没有一点哗众取宠的江湖气。他讲得很诚恳，甚至很天真。但是你要是真正听"懂"了他的话，——听"懂"了他的话里并未发挥罄尽的余意，你是会受益匪浅，而且会终生受用的。听沈先生的课，要像孔子的学生听孔子讲话一样："举一隅而三隅反。"

沈先生讲课时所说的话我几乎全都忘了（我这人从来不记

笔记)！我们有一个同学把闻一多先生讲唐诗课的笔记记得极详细，现已整理出版，书名就叫《闻一多论唐诗》，很有学术价值，就是不知道他把闻先生讲唐诗时的"神气"记下来了没有。我如果把沈先生讲课时的精辟见解记下来，也可以成为一本《沈从文论创作》。可惜我不是这样的有心人。

沈先生关于我的习作讲过的话我只记得一点了，是关于人物对话的。我写了一篇小说(内容早已忘记干净)，有许多对话。我竭力把对话写得美一点，有诗意，有哲理。沈先生说："你这不是对话，是两个聪明脑壳打架！"从此我知道对话就是人物所说的普普通通的话，要尽量写得朴素。不要哲理，不要诗意。这样才真实。

沈先生经常说的一句话是："要贴到人物来写。"很多同学不懂他的这句话是什么意思。我以为这是小说学的精髓。据我的理解，沈先生这句极其简略的话包含这样几层意思：小说里，人物是主要的，主导的；其余部分都是派生的，次要的。环境描写、作者的主观抒情、议论，都只能附着于人物，不能和人物游离，作者要和人物同呼吸、共哀乐。作者的心要随时紧贴着人物。什么时候作者的心"贴"不住人物，笔下就会浮、泛、飘、滑，花里胡哨，故弄玄虚，失去了诚意。而且，作者的叙述语言要和人物相协调。写农民，叙述语言要接近农民；写市民，叙述语言要近似市民。小说要避免"学生腔"。

我以为沈先生这些话是浸透了淳朴的现实主义精神的。

沈先生教写作，写的比说的多，他常常在学生的作业后面写很长的读后感，有时会比原作还长。这些读后感有时评析本文得失，也有时从这篇习作说开去，谈及有关创作的问题，见解精到，文笔讲究。——一个作家应该不论写什么都写得讲究。这些读后感也都没有保存下来，否则是会比《废邮存底》还有看头的。可惜！

沈先生教创作还有一种方法，我以为是行之有效的，学生写了一个作品，他除了写很长的读后感之外，还会介绍你看一些与你这个作品写法相近似的中外名家的作品。记得我写过一篇不成熟的小说《灯下》，记一个店铺里上灯以后各色人的活动，无主要人物、主要情节，散散漫漫。沈先生就介绍我看了几篇这样的作品，包括他自己写的《腐烂》。学生看看别人是怎样写的，自己是怎样写的，对比借鉴，是会有长进的。这些书都是沈先生找来，带给学生的。因此他每次上课，走进教室里时总要夹着一大摞书。

沈先生就是这样教创作的。我不知道还有没有别的更好的方法教创作。我希望现在的大学里教创作的老师能用沈先生的方法试一试。

学生习作写得较好的,沈先生就做主寄到相熟的报刊上发表。这对学生是很大的鼓励。多年以来,沈先生就干着给别人的作品找地方发表这种事。经他的手介绍出去的稿子,可以说是不计其数了。我在一九四六年前写的作品,几乎全都是沈先生寄出去的。他这辈子为别人寄稿子用去的邮费也是一个相当可观的数目了。为了防止超重太多,节省邮费,他大都把原稿的纸边裁去,只剩下纸芯。这当然不大好看。但是抗战时期,百物昂贵,不能不打这点小算盘。

沈先生教书,但愿学生省点事,不怕自己麻烦。他讲《中国小说史》,有些资料不易找到,他就自己抄,用夺金标毛笔,筷子头大的小行书抄在云南竹纸上。这种竹纸高一尺,长四尺,并不裁断,抄得了,卷成一卷。上课时分发给学生。他上创作课夹了一摞书,上小说史时就夹了好些纸卷。沈先生做事,都是这样,一切自己动手,细心耐烦。他自己说他这种方式是"手工业方式"。他写了那么多作品,后来又写了很多大部头关于文物的著作,都是用这种手工业方式搞出来的。

沈先生对学生的影响,课外比课堂上要大得多。他后来为了躲避日本飞机空袭，全家移住到呈贡桃园新村，每星期上课，进城住两天。文林街二十号联大教职员宿舍有他一间屋子。他一进城，宿舍里几乎从早到晚都有客人。客人多半是同事和学生。客人来，大都是来借书，求字，看沈先生收到的宝贝，谈天。

沈先生有很多书，但他不是"藏书家"，他的书，除了自己看，是借给人看的，联大文学院的同学，多数手里都有一两本沈先生的书，扉页上用淡墨签了"上官碧"的名字。谁借了什么书，什么时候借的，沈先生是从来不记得的。直到联大"复员"，有些同学的行装里还带着沈先生的书，这些书也就随之而漂流到四面八方了。沈先生书多，而且很杂，除了一般的四部书、中国现代文学、外国文学的译本，社会学、人类学、黑格尔的《小逻辑》、弗洛伊德、亨利·詹姆斯、道教史、陶瓷史、《髹饰录》《糖霜谱》……兼收并蓄，五花八门。这些书，沈先生大都认真读过。沈先生称自己的学问为"杂知识"。一个作家读书，是应该杂一点的。沈先生读过的书，往往在书后写两行题记。有的是记一个日期，那天天气如何，也有时发一点感慨。有一本书的后面写道："某月某日，见一大胖女人从桥上过，心中十分难过。"这两句话我一直记得，可是一直不知道是什么意思。大胖女人为什么使沈先生十分难过呢？

沈先生对打扑克简直是痛恨。他认为这样地消耗时间，是不可原谅的。他曾随几位作家到井冈山住了几天。这几位作家成天在宾馆里打扑克，沈先生说起来就很气愤："在这种地方打扑克！"沈先生小小年纪就学会掷骰子，各种赌术他也都明白，但他后来不玩这些。沈先生的娱乐，除了看看电影，就是写字。他写章草，笔稍偃侧，起笔不用隶法，收笔稍尖，自成一格。他喜欢写窄长的直幅，纸长四尺，阔只三寸。他写字不择纸笔，常用糊窗的高丽纸。他说："我的字值三分钱！"从前要求他写字的，他几乎有求必应。近年有病，不能握管，沈先生的字变得很珍贵了。

沈先生后来不写小说，搞文物研究了，国外、国内，很多人都觉得很奇怪。熟悉沈先生的历史的人，觉得并不奇怪。沈先生年轻时就对文物有极其浓厚的兴趣。他对陶瓷的研究甚深，后来又对丝绸、刺绣、木雕、漆器……都有广博的知识。沈先生研究的文物基本上是手工艺制品。他从这些工艺品看到的是劳动者的创造性。他为这些优美的造型、不可思议的色彩、神奇精巧的技艺发出的惊叹，是对人的惊叹。他热爱的不是物，而是人，他对一件工艺品的孩子气的天真激情，使人感动。我曾戏称他搞的文物研究是"抒情考古学"。他八十岁生日,我曾写过一首诗送给他,中有一联:玩物从来非丧志,著书老去为抒情。是记实。他有一阵在昆明收集了很多耿马漆盒。这种黑红两色刮花的圆形缅漆盒,昆明多的是,而且很便宜。沈先生一进城就到处逛地摊,选买这种漆盒。他屋里装甜食点心、装文具邮票……的,都是这种盒子。有一次买得一个直径一尺五寸的大漆盒,一再抚摩,说:"这可以作一期《红黑》杂志的封面!"他买到的缅漆盒,除了自用,大多数都送人了。有一回,他不知从哪里弄到很多土家族的挑花布,摆得一屋子,这间宿舍成了一个展览室。来看的人很多,沈先生于是很快乐。这些挑花图案带天真稚气而秀雅生动,确实很美。

沈先生不长于讲课,而善于谈天。谈天的范围很广:时局、物价……谈得较多的是风景和人物。他几次谈及玉龙雪山的杜鹃花有多大,某处高山绝顶上有一户人家,——就是这样一户!他谈某一位老先生养了二十只猫。谈一位研究东方哲学的先生跑警报时带了一只小皮箱,皮箱里没有金银财宝,装的是一个聪明女人写给他的信。谈徐志摩上课时带了一个很大的烟台苹果,一边吃,一边讲,还说:"中国东西并不都比外国的差,烟台苹果就很好!"谈梁思成在一座塔上测绘内部结构,差一点从塔上掉下去。谈林徽因发着高烧,还躺在客厅里和客人谈文艺。他谈得最多的大概是金岳霖。金先生终生未娶,长期独身。他养了一只大斗鸡,这鸡能把脖子伸到桌上来,和金先生一起吃饭。他到处搜罗大石榴、大梨。买到大的,就拿去和同事的孩子的比,比输了,就把大梨、大石榴送给小朋友,他再去买!……沈先生谈及的这些人有共同特点。一是都对工作、对学问热爱到了痴迷的程度;二是为人天真到像一个孩子,对生活充满兴趣,不管在什么环境下永远不消沉沮丧,无机心,少俗虑。这些人的气质也正是沈先生的气质。"闻多素心人,乐与数晨夕。"沈先生谈及熟朋友时总是很有感情的。

文林街文林堂旁边有一条小巷,大概叫作金鸡巷,巷里的小院中有一座小楼。楼上住着联大的同学:王树藏、陈蕴珍(萧珊)、施载宣(萧荻)、刘北汜。当中有个小客厅。这小客厅常有熟同学来喝茶聊天,成了一个小小的沙龙。沈先生常来坐坐。有时还把他的朋友也拉来和大家谈谈。老舍先生从重庆过昆明时,沈先生曾拉他来谈过"小说和戏剧"。金岳霖先生也来过,谈的题目是"小说和哲学"。金先生是搞哲学的,主要是搞逻辑的,但是读很多小说,从普鲁斯特到《江湖奇侠传》。"小说和哲学"这题目是沈先生给他出的。不料金先生讲了半天，结论却是：小说和哲学没有关系。他说《红楼梦》里的哲学也不是哲学。他谈到兴浓处，忽然停下来，说："对不起，我这里有个小动物！"说着把右手从后脖领伸进去，捉出了一只跳蚤，甚为得意。我们问金先生为什么搞逻辑，金先生说："我觉得它很好玩！"

沈先生在生活上极不讲究。他进城没有正经吃过饭，大都是在文林街二十号对面一家小米线铺吃一碗米线。有时加一个西红柿，打一个鸡蛋。有一次我和他上街闲逛，到玉溪街，他在一个米线摊上要了一盘凉鸡，还到附近茶馆里借了一个盖碗，打了一碗酒。他用盖碗盖子喝了一点，其余的都叫我一个人喝了。

沈先生在西南联大是一九三八年到一九四六年。一晃，四十多年了！

一九八六年一月二日上午

- 季羡林
- 冰心
- 徐志摩
- 老舍

〈柒〉

默默无闻的小事中,
全是无私深沉的爱

夜来香开花的时候

季羡林

夜来香开花的时候,我想到王妈。我不能忘记,在我刚走出童年的几年中,不知道有几个夏夜里,当闷热渐渐透出了凉意,我从飘忽的梦境里转来的时候,往往可以看到窗纸上微微有点白;再一沉心,立刻就有嗡嗡的纺车的声音,混着一阵阵的夜来香的幽香,流了进来。倘若走出去看的话,就可以看到,一盏油灯放在夜来香丛的下面,昏黄的灯光照彻了小院,把花的高大支离的影子投在墙上,王妈坐在灯旁纺着麻,她的黑而大的影子也被投在墙上,合了花的影子在晃动着。

她是老了。我不知道她什么时候到我们家里

来的。当我从故乡里来到这个大都市的时候,我就看到她已经在我们家里来来往往地做着杂事。那时,已经似乎很老了。对我,从那时到现在,是一个从莫名其妙的朦胧里渐渐走到光明的一段。最初,我看到一切事情都像隔了一层薄纱。虽然到现在这层薄纱也没能撤去,但渐渐地却看到了一点光亮,于是有许多事情就不能再使我糊涂。就在这从朦胧到光亮的一段里,我们搬过两次家。第一次搬到一条歪曲铺满了石头的街上。王妈也跟了来。房子有点旧,墙上满是雨水的渍痕。只有一个窗子的屋里白天也是暗沉沉的。我童年的大部分的时间就在这黑暗屋里消磨过去。院子里每一块土地都印着我的足迹。现在我还能清晰地记起来屋顶上在秋风里颤抖的小草,墙角檐下挂着的蛛网。但倘若笼统想起来的话,就只剩一团苍黑的印象了。

倘若我的记忆可靠的话,在我们搬到这苍黑的房子里第二年的夏天,小小的院子里就有了夜来香。当时颇有一些在一起玩的小孩,往往在闷热的黄昏时候聚在一块,仰卧在席上数着天空里飞来飞去的蝙蝠。但是最引我们注意的却是夜来香的黄花——最初只是一个长长的花苞,我们目不转睛地注视着它。还不开,还不开,蓦地一眨眼,再看时,长长的花苞已经开放成伞似的黄花了。在当时的心里,觉得这样开的花是一个奇迹。这花又毫不吝惜地放着香气。王妈也很高兴。每天她总把所有开过的花都数一遍。当她数着的时候，随时有新的花在一闪一闪地开放着。她眼花缭乱，数也数不清。我们看了她慌张而又用心的神情，不禁哄笑起来。就这样每一个黄昏都在奇迹和幽香里度过去。每一个夜跟着每一个黄昏走了来。在清凉的中夜里，当我从飘忽的梦境里转来的时候，就可以看到王妈的投在墙上的黑而大的影子在合着夜来香的影子晃动了。

就在这样一个环境里，我第一次觉到我的眼前渐渐地亮起来。以前我看王妈只像一个影子。现在我才发现她也同我一样的是一个活动的人。但是我仍然不明了她的身世。在小小的心灵里，我并想不到她这样大的年纪出来佣工有什么苦衷；我只觉得她同我们住在一起，就是我们家里的一个人，她也应该同我们一样地快活。童稚的心岂能知道世界上还有不快活的事情吗？

在初秋的暴雨里，我看到她提着篮子出去买菜；在严冬大雪的早晨，我看到她点着灯起来生炉子。冷风把她手吹得红萝卜似的开了裂，露出鲜红的肉来。我永远忘不掉这两只有着鲜红裂口的手！她有自己的感情，自己的脾气，这些都充分表示出一个北方农民的固执与倔强。但我在黄昏的灯下却常听到她不时吐出的叹息了。我从小就是孤独的。在我小小的心里，一向感觉到缺少点什么。我虽然从没叹息过，但叹息却堆在我的心里。现在听了她的叹息，我的心仿佛得到被解脱的痛快。我愿意听这样的低咽的叹息从这垂老的人的嘴里流出来。在她，不知因为什么，闲下来的时候，也总爱找着我说话。她告诉我，她的丈夫是她村里唯一的秀才，但没能捞上一个举人就死去了。她自己被家里的妯娌们排挤，不得已才出来佣工。有一个儿子，因为乡里没有饭吃，到关外做买卖去了。留下一个媳妇在这大城里，似乎也不大正经。她又告诉我，她年青的时候，怎样刚强，怎样有本领，和许多别的美德；但谁又知道，在垂老的暮年又被迫着走出来谋生，只落得几声叹息呢？

以后，这叹息就时时可以听到。她特别注意到我衣服寒暖。在冬天里，她替我暖，在夏夜里，她替我用大芭蕉扇赶蚊子。她仍然照常地提着篮子出去买菜，冬天早晨用开了鲜红裂口的手生炉子。当夜来香开花的时候，又可以看到她郑重其事地数着花朵。但在不寐的中夜里，晚秋的黄昏里，却连续听到她的叹息，这叹息在沉寂里回荡着，更显得凄冷了。她仿佛时常有话要说。被追问的时候，却什么也不说，脸上只浮起一片惨笑。有时候有意与无意之间，又说到她年青时候的倔强，她的秀才丈夫。往往归结说到她在关外做买卖的儿子。我们都可以看出来,这老人怎样把暮年的希望和幻想放在她儿子身上。我也曾替她写过几封信给她的儿子,但终于也没能得到答复。这老人心里的悲哀恐怕只有她一个人知道了。

不记得是哪一年,在夏天,又是夜来香开花的时候,她儿子来了信。信里说的,却并不像她想的那样满意,只告诉她,他在关外勤苦几年挣的钱都给别人骗走了;他因为生气,现在正病着,结尾说:"倘若母亲还要儿子的话,就请汇钱给我回家。"这样一封信给她怎样的影响,我们大概都可以想象得出。连着叹了几口气以后,她并没说什么话,但脸色却更阴沉了。这以后,没有叹气,我们只看到眼泪。

我前面不是说,我渐渐从朦胧里走向光明里去么?现在我眼前似乎更亮了。我看透了一些事情:我知道在每个人嘴角常挂着的微笑后面有着怎样的冷酷;我看出大部分的人们都给同样黑暗的命运支配着。王妈就在这冷酷和黑暗的命运下呻吟着活下来。我看透了这老人的眼泪里有着无量的凄凉。我也了解了她的寂寞。

在这时候,我们又搬了一次家,只不过从这条铺满了石头的街的中间移到南头。王妈仍然跟了来。房子比以前好一点,再看不到四壁的雨痕和蜘蛛。每座屋子也都有了两个以上的窗子，而且窗子上还有玻璃。尤其使我满意的是西屋前面两棵高过房檐的海棠。时候大概是春天，因为才搬进来的时候，树上还开满着一团团的花。就在这一年的夏天，大概因为院子大了一点吧，满院里，除了一个大水缸养着子午莲和几十棵凤仙花和其他杂花以外，便只看到一丛丛的夜来香。我现在已经不是孩子，有许多地方要摆出安详的样子来；但在夏天的黄昏时候，却仍然做着孩子时候做的事情。我坐在院子里数着天上飞来飞去的蝙蝠。看着夜色慢慢织入夜来香丛里，一片朦胧的薄暗。一眨眼，眼前已经是一片黄黄的伞似的花了。跟着又有幽香流过来。夜里同蚊子打过了仗，好容易睡过去。各样的梦做过了以后，从飘忽的梦境里转来的时候，往往可以看到窗上有点白，听到嗡嗡的纺车的声音。走出去，就可以看到王妈的黑大的投在墙上的影子在合着夜来香的影子晃动了。

王妈更老了。但我仍然只看到她的眼泪。在她高兴的时候，她又谈到她的秀才丈夫，她的不大正经的儿媳妇，和她病倒在关外的儿子。她仍然提着篮子出去买菜，冬天老早起来生炉子，从她走路的样子上看来，她真有点老了；虽然她自己在别人说她老的时候还在竭力否认着。她有颗简单纯朴的心。因

日子不慌不忙

了年纪更大的关系，这颗心似乎就更纯朴简单。往往因为少得了一点所应得的东西，我们就可以看到她的干瘪了的嘴并拢在一起，腮鼓着，似乎要有什么话从里面流了出来。然而在这样的情形下往往是没有什么流出的。倘若有人意外地给了她点什么，我们也可以意外地看到这老人从心里流出来的快意的笑了。她不会做荒唐的梦，极小的得失可以支配她的感情。她有一颗简单的心。

日子一天一天地过去，这寂寞的老人就在这寂寞里活下去。上天给了她一个爽直的性情，使她不会向别人买好，不会在应当转圈的时候转圈。因为这，在许多极琐碎的事情上，她给了别人一点小小的不痛快，她自己却得到一个更大的不痛快。这时候，我们就见她在把干瘪了的嘴并拢以后，又在暗暗地流着眼泪了。我们都知道，这眼泪并不像以前想到她儿子时的那眼泪那样有意义。这样的眼泪流多了，顶多不过表示她在应当流的泪以外，还有多余的泪，给自己一点轻松。泪流过了不久，就可以看到她高兴地在屋里来来往往地做着杂事了。她有一颗同孩子一样的简单的心。

在没搬家过来以前，我已经到一个在城外的四面满是湖田和荷池的学校里去读书，就住在那里。只在星期日回家一次。

在学校里死沉的空气里住过六天以后，到家里觉得仿佛到了另一个世界。进门先看到王妈的欢乐的微笑。等到踏着暮色走回去的时候，心里竟觉得意外的轻松。这样的情形似乎也延长不算很短的一个期间。虽然我自己的心情随时都有着变化，生活却显得惊人的单调。回看花开花落，听老先生沙着声念古文，拼命地在饭堂里抢馒首，感情冲动的时候，也热烈地同别人打架，时间也就慢慢地过去。

又忘记了是多少时候以后，是星期日，当时我从学校里走回家去的时候，我看到一个黄瘦个儿很高的中年男子在替我们搬移着桌子之类的东西。旁人告诉我，这就是王妈的儿子。几个月以前她把储蓄了几年的钱都汇给他，现在他居然从关外回到家来了。但带回来的除了一床破棉被以外，就剩了一个有着几乎各类的一个他那样用自己的力量来换面包的中年人所能有的病的身子，和一双连霹雳都听不到的耳朵。但终于是个活人，是她的儿子，而且又终于回到家里来了。

王妈高兴。在垂暮的老年，自己的独子，从迢迢的塞外回到她跟前来，这样奇迹似的遭遇怎能不使她高兴呢？说到儿子的身体和病，她也会叹几口气，但儿子终于是儿子，这叹息掩不过她的高兴的，不久，她那不大正经的媳妇也不知从哪里冒

日子不慌不忙

正言顺地找了来，于是一个小家庭就组成了。儿子显然不能再干什么重劳力的活了，但是想吃饭除了劳力之外又似乎没有第二条路可走。在我第二星期回到家里来的时候，就看到她那说话也需要打手势的儿子在咳嗽着一出一进地挑着满桶的水卖钱了。

这以后，对王妈，对我们家里的人，有一个惊人的大转变。从她那里，我们再听不到叹息，看不到眼泪，看到的只有微笑。有时儿子买了一个甜瓜或柿子，甚至几个小小的梨，拿来送给母亲吃。儿子笑，不说话；母亲也笑，更不说话。我们都可以看出来这笑怎样润湿了这老人的心。每逢过节，或特别日子的时候，儿子把母亲接回家去。当吃完儿子特别预备的东西走回来的时候，这老人脸上闪着红光。提着篮子买菜也更带劲，冬天早晨也更起得早。生命对她似乎是一杯香醪。她高兴地活下去，没有了寂寞，也没有了凄凉，即便再说到她丈夫的时候，也只有含着笑骂一声："早死的死鬼！"接着就兴高采烈地夸起自己年青时的美德来了。我们都很高兴。我们眼看着这老人用手捉住自己的希望和幻想。辛勤了几十年，现在这希望才在她心里开成了花。

日子又平静地过下去。微笑似乎没离开过她。这老人正做着一个天真的梦。就这样差不多过了一年的时间。中间我还在家里住了一个暑假，每天黄昏时候，躺在院子里的竹床上，数着天上的蝙蝠。夜来香每天照例一闪便开了。我们欣赏着花的香，王妈更起劲地像煞有介事似的数着每天开过的花。但在暑假过了以后，当我再每星期日从学校里走回家来的时候，我看到空气似乎有点不同。从王妈那里我又常听到叹息了。她又找着我说话，她告诉我，儿子常生病，又聋。虽然每天拼命挑水，在有点近于接受别人恩惠的情形下接了别人的钱，却连肚皮也填不饱。这使他只有更拼命；然而结果，在已经有了的病以外，又添了其他可能的新病。儿媳妇也学上了许多新的譬如喝酒抽烟之类的毛病。她丈夫自然不能满足她；凭了自己的机警，公然在她丈夫面前同别人调情，而且又进一步姘居起来了。这老人早起晚睡侍候别人颜色挣来的钱，以前是被严谨地锁在一个箱子里的，现在也慢慢地流出来，换成面包，填充她儿子的肚皮了。她为儿子的病焦灼，又生媳妇的气；却没办法。这有一颗简单的心的老人只好叹息了。

儿子病的次数加多起来，而且也厉害起来。在很短的期间，这叹息就又转成眼泪了。以前是因为有幻想和希望而不能捉到才流泪；现在眼看着幻想和希望要在自己手里破碎，这泪当然更沉痛了。我虽然不常在家里,但常听人们说到,每次她从儿子那里回来的时候,总带回来惊人多的叹息和眼泪。问起来,她就说到儿子怎样病,几天不能挑水,柴米没有,媳妇也不知道跑到什么地方去了。于是在静寂的中夜里,就又常听到她低咽的暗泣。她现在再也没有心绪谈到她的秀才丈夫,夸耀自己年青时的美德,处处都表示出衰老的样子。流泪成了日常的工作;泪也终于流不完。并没延长了多久,她有了病,眼也给一层白膜障上了。她说,她不想死。真的,随处都表示出,她并不想死。她请医生,供神水,喝符,用大葱叶包起七个活着的蜘蛛生生吞下去,以及一切的偏方正方。为了自己的身子,她几乎忘掉了一切。大约有几个月以后吧,身子好了,却只剩下了一只眼。

她更显得衰老了。腰佝偻着,剩下的一只眼似乎也没有什么大用。走路的时候,只是用手摸索着走上去。每次我看她拿重一点的东西而曲着背用力的时候,看到她从儿子那里回来含着泪慢慢地踱进自己的幽暗的小屋里去的时候,我真想哭。虽然失掉一只眼睛,但并没有失掉了固有的性情,她仍然倔强,仍然不会买好,不会在应当转圈的时候转圈;也就仍然常常碰到点小不痛快,流两次无所谓的眼泪。她同以前一样,有着一颗简单又纯朴的心。

我们来日方长

　　四年前,为了一个近于荒诞的理想,我从故乡来到这辽远的故都里。我看到的自然是另一个新的世界,但这世界却不能吸引着我;我时常想到王妈,想到她数夜来香的神情,想到她红萝卜似的开了鲜红裂口的手。第一年寒假回家的时候,迎着我的是她的欢迎的微笑。只有我了解她这笑是怎样勉强做出来的。前年的冬天,我又回家去。照例一阵微微的晕眩以后,我发现家里少了一个人,以前笑着欢迎我的王妈到哪里去了呢?问起来,才知道这老人已经回老家去了。在短短的半年里,她又遭遇到许多不如意的事情。因为看到放在儿子身上的希望和幻想渐渐渺茫起来,又因为自己委实有点老了,于是就用勉强存起来的一点钱在老家托人买了一口棺材。这老人已经看透了自己一生决定了不过是这么回事;趁着没死的时候,预备点东西,过一个痛快的死后的生活吧。但这口棺材却毫无理由地被她一个先死去的亲戚占去了。从年青时候守节受苦,到垂老的暮年出来佣工,辛苦了一生,老把自己的希望和幻想拴在儿子身上,结果是幻灭;好容易自己又制了一个死后的美丽的梦,现在又给打碎了。她不懂怎样去诉苦,也没人可诉。这颗经了七十年痛创的简单又纯朴的心能容得下这些破损吗?她终于病倒了。

　　正要带着儿子和媳妇回老家去养病的时候,儿子竟然经不起病的摧折死去了。我不忍去想象,悲哀怎样啮着这老人的心。她终于回了家。我们家里派了一个人去送她。临走的时候,她还带着恳乞的神气说:"只要病好了,我还回来。"生命的火还在她心里燃烧着,她不想死的。在严冬的大风雪里,在灰暗的长天下,坐在一辆独轮小车上,一个垂老的人,带了自己独子的棺材,带了一个艰苦地追求了一辈子而终于得到的大空虚,带了一颗碎了的心,回到自己的故乡里去,把一切希望和幻想都抛到后面,人们大概总能想象到这老人的心情吧!我知道会有种种的幻影在她眼前浮掠,她会想到过去自己离开家时的情景,然而现在眼前明显摆着的却是一个不可避免的黑洞,一切就都归到这洞里去。车走上一个小木桥的时候,忽然翻下河去,这老人也被倾到水里。被人捞上来的时候,浑身都结了冰。她自己哭了,别人也都哭起来。人生到这样一个地步,还有什么话可以说呢?这纯朴的老人也不能不咒骂自己的命运了。

我不忍去想象,她怎样在那穷僻的小村里活着的情形。听人说,剩下的一只眼睛也哭得失了明。自己的房子已经卖给别人,只好借住在亲戚家里。一闭眼,我就仿佛能看到她怎样躺到床上呻吟,但没有人去理会她;她怎样起来沿着墙摸索着走,她怎样呼喊着老天。她的红萝卜似的开了裂口流着红血的手在我眼前颤动……以前存的钱一个也没能剩下,她一定会回忆到自己困顿的一生，受尽人们的唾弃，老年也还免不了早起晚睡侍候别人的颜色；到死却连自己一点无论怎样不能成为希望和幻想的希望和幻想都一个不剩地破碎了去。过去的黑影沉重地压在她心头。人到欲哭无泪的地步，还有什么话可说呢？我听不到她的消息，我只有单纯地有点近于痴妄地希望着，她能好起来，再回到我们家里去。

但这岂是可能的呢？第二年暑假我回家的时候，就听人说，王妈死了。我哭都没哭，我的眼泪都堆在心里，永远地。现在我的眼前更亮，我认识了怎样叫人生，怎样叫命运。——小小的院子里仍然挤满了夜来香。黄昏里我仍然坐在院子里的竹床上，悲哀沉重地压住了我的心。我没有心绪再数蝙蝠了。在沉寂里，夜来香自己一闪一闪地开放着，却没有人再去数它们。半夜里，当我再从飘忽的梦境里转来的时候，看不到窗上的微微的白光，也再听不到嗡嗡的纺车的声音，自然更看不到照在四面墙上的黑而大的影子在合着历乱的枝影晃动。一切都死样的沉寂。我的心寂寞得像古潭。第二天早晨起来的时候，整夜散放着幽香的夜来香的伞似的黄花枝枝都枯萎了。没了王妈，夜来香哪能不感到寂寞呢？

1935 年

记富奶奶
——一个高尚的人

冰心

一九二九年六月初,我还在燕京大学教课,得了重感冒,住在女校疗养所里。院里只有一位美国女大夫和两位服务员。大夫叫她们为舒妈和富妈(这大夫和服务员只照看轻病的人,一般较为严重复杂的病,就送到协和医院去了)。这两位服务员都是满族,说得一口纯正的北京话。舒妈年纪大一些,也世故一些,又爱说爱笑。富妈比较文静,说话轻声细语的。我总觉得她和舒妈不同,每逢她在我身边,我的脑中总涌上"大人家举止端详"这一段词句。

有一天她忽然低声问我:"谢先生,您结婚后用人吗？我愿意给您帮忙。"我说："那太好了，就是我们家里就两个人，事情不多，而且人家已经给我们介绍一个厨师傅了（那时在燕大教师家里的大师傅一般除做饭外，还兼管洗衣服、床单……收拾楼下的书房客厅等等）。楼上我们卧室什么的，也没有什么重活……"她说："我能给您做针线活。您新房子里总得有窗帘、床单、桌布什么的，我可以先给您准备。"这方面我倒没想到。那时候燕大指定给我们盖的小楼——燕南园60号，已快竣工了。我感冒好后，就和她到我们的新居，量好了门窗的尺寸，楼下的客厅兼饭厅想用玫瑰色的窗帘，楼上的卧室用豆青色的，客房是粉红色的（那种房子一般是两重帘子，外面是一层透明的白纱布，里面只是一道横的短帘和两边长的窄窄的长帘，这里层的帘子是有颜色的）。我就买了这几色的苏州棉绸，交给了她。那年的六月十五号，我同文藻结婚后，就南下省亲，我们到了上海和江阴的家，暑假之前赶回上课时，富妈已经把这些窗帘都做好，而且还做了各间屋子里的床单，被单都用的是白细布，又用和窗帘一色的布缘了边，还"补"上一些小花，真是协调雅淡极了！我们把房子布置好了以后，她每天就只来一个上午，帮我们收拾房间。到了一九三一年，我们的大儿子吴平出世后，她就来帮我带孩子，住在我家里，做整天的活。那时文藻的母亲也来了，就住在原来的客房。我每星期还有几堂课，身体也不太好，孩子的照顾，差不多全靠富奶奶了（她比我大十岁，自从她到我们家工作，我们就都称她奶奶）。说起来她的身世也够凄凉的，有人说她是满族松公爷的堂妹，家道中落，从九岁起就学做种种针线活，二十岁又嫁黄志廷做续弦，黄志廷是清华学校校警，年岁比她大许多，她生了六个孩子，都早夭了，最后一个女儿活下来了，起名叫秀琴，是她的宝贝。她出来工作，自己指"富"为姓。她有心脏病，每星期必到燕大医院去取一次药水，但她还是把孩子的衣服（除毛衣外）全部揽了去。她总把孩子打扮得十分雅气，衣领和袖子上总绣上些和毛衣的颜色协调的小花，那时燕大中美同事的夫人们，都夸说我们孩子穿得比谁都整齐，其实都是富奶奶给他们打扮的。

一九三五年我的女儿吴冰出世了，也是她照应的，吴冰从小不"挑食"，长得很胖，富奶奶对于女孩子的衣着更加注意，吴冰被推着车子出去，真是谁看谁爱。一九三六年，是文藻的休假年（燕大的教授们是每七年休假一次），我们先到日本，又到美国代表燕大祝贺哈佛大学建校三百周年，以后又到英国、意大利、法国等，文藻自己又回到英国的牛津和剑桥大学，研究他们的导师制度，我那时正怀上了吴青，就在法国留下，在巴黎闲住了一百天。那时文藻的母亲虽然也在北京，但两个孩子的一切，仍是全由富奶奶照管。一九三七年我们从欧洲回来，不到一个星期，北京便沦陷了。因为燕大算是美国教会办的，一时还没有受到惊扰，我们就仍在燕大教学，一面等待十一月份吴青的出世，一面做去云南大学的准备。因为富奶奶有心脏病，我怕云南高原的天气对她不宜，准备荐她到一位美国教授家里去工作。他们家只老夫妇二人，工作很轻松，但富奶奶却说："您一个人带三个孩子走，就不放心，我送您到香港再回来吧。"等到了香港，我们才知道要去云南必须从安南的海防坐小火车进入云南，这条路是难走的！富奶奶又坚持说："您和先生两个人，绝对弄不了这三个孩子，我还是跟您上云南吧。"我只得流着眼泪同意了。这一路的辛苦困顿，就不必说。亏得在路过香港时，我的表兄刘放园一家也在香港避难，他们把一个很能干的大丫头——瑞雯交给了我，说是："瑞雯十八九岁了，我们不愿意在香港替她找人家，不如让你们带到内地给她找吧。"路上有了瑞雯当然方便得多，富奶奶把她当自己的女儿看待，两人处得十分融洽。到了昆明，瑞雯便担任了厨师的职务，她从我的表嫂那里，学做的一手好福建菜，使我们和我们的随北大、清华南迁的朋友们，大饱口福。

我们到了昆明，立刻想把富奶奶的丈夫黄志廷和女儿秀琴都接到后方来，免得她一家离散。那时正好美国驻云南昆明的领事海勇（Seabold）和我们很友好，他们常说云南工人的口音难懂，我说："我给你们举荐一个北京人吧。"于是我们就设法请南下的朋友把黄志廷带到了昆明，在美国领事馆工作。富奶奶的独女秀琴却自己要留在北京读完高中，在一九四〇年我们搬到重庆之后，她才由我们的朋友带来，到了重庆，我们即刻把她送到复旦大学，一切费用由我们供给。这时富奶奶完全放心了，我们到重庆时，本来就把黄志廷带来我家"帮忙"，如今女儿也到了后方，又入了大学，她不必常常在夜里孩子睡后，在桐油灯下，艰难地一个字一个字地给女儿写信了。说来真是"可怜天下父母心"！富奶奶本来不会写字，她总是先把她要说的话，让我写在纸上，然后自己一笔一画地去抄，我常常对她说："你不必麻烦了，我和黄志廷都会替你写，何必自己动笔呢？"她说："秀琴看见我的亲笔字，她会高兴的。"

我们到重庆不久，因为日机常来轰炸，就搬到歌乐山上住。不久文藻又得了肺炎，我在医院陪住了一个多月，家里一切，便全由富奶奶主持。那几年我们真是贫病交加，文藻病好了，我又三天两头地吐血，虽然大夫说这不是致命的病，却每次吐血，必须躺下休息，这都给富奶奶添许多麻烦，那时她也渐渐地不支了，也得常常倚在床上。我记得有一次冬天，在沙坪坝南开中学上学的吴平，周末在大雨中上山，身上的棉裤湿了半截。富奶奶心疼地让他脱下棉裤，坐在她被窝里取暖。她拿我的一条旧裤作面子，用白面口袋白布做里子，连夜在床上给他赶做一条棉裤。我听见她低低地对吴平说："你妈也真是，有钱供人上大学，自己的儿子连一条替换的棉裤、毛裤都没有！"这是她末一次给我的孩子做活了！

有一天她断断续续地对我说："我看我这病是治不好了，您这房子虽然是土房，也是花钱买的，我死在这屋里，孩子们将来会害怕的，您送我上医院吧。"我想在医院里，到底照顾得好一些，山下的中央医院（就是现在的上海医院）还有许多熟人，我就送她下山，并让黄志廷也跟去陪她，我一面为她预备后事。正好那时听说有一户破落的财主，有一副做好的棺材要廉价出卖，我只用了一百多块钱（《关于女人》稿费的一部分）把它买了下来，存放在山下的一间木匠铺里。

到医院后不久，她就和我们永别了。她葬在歌乐山的墓地里。出殡那一天，我又大吐血，没有去送葬，但她的丈夫、女儿和我的儿女们都去了。听说，吴平在坟前严肃地行了一个童子军的敬礼后，和他的两个妹妹吴冰、吴青，都哭得站不起来！五十年代中期，我曾参加人大代表团到西南的视察，路经四川歌乐山，我想上去看看她的坟墓，却因为那里驻着高射炮队就去不成了。

黄秀琴同她的大学同学四川人李家驹结了婚，不久也把父亲黄志廷接走了。抗战胜利后，我们回到南京又去了日本，黄家留在四川，但是我们的通讯不断。

黄秀琴生了两儿两女后，也去世了。六十年代我们住在北京中央民族学院，她的次子李达雄在北京邮电学院上学，假期就到我们家来称我为"姥姥"。直到现在他们夫妇到京出差还是给我送广柑、"菜脑壳"之类我们爱吃的东西。我们的孩子和他们的孩子一直是亲如一家……

关于这个高尚的人的事迹，我早就想写了，镶在一个小铜镜框里的她和我们三个孩子的小相片，几十年来一直在我的身边，现在就在我身后的玻璃书柜里。今天浓阴，又没有什么"不速之客"，我一口气把从一九二九年起和我同辛共苦了十几年的、最知心的人的事迹，写了出来，我的眼泪是流得尽的，而我对她的忆念却绵绵无尽！

1986年6月5日薄暮

家德

徐志摩

家德住我们家已有十多年了。他初来的时候嘴上光光的还算是个壮夫，头上不见一茎白毛，挑着重担到车站去不觉得乏。逢着什么吃重的工作他总是说"我来！"他实在是来得的。现在可不同了。谁问他"家德，你怎么了，头发都白了？"他就回答"人总要老的，我今年五十八，头发不白几时白？"他不但发白，他上唇疏朗朗的两披八字胡也见花了。

他算是我们家的"做生活"，但他，据我娘说，除了吃饭住，却不拿工钱。不是我们家不给他，是他自己不要。打头儿就不要。"我就要吃饭住。"他说。我记得有一两回我因为他替我挑行李上车站给他钱,他就瞪大了眼说,"给我钱做什么?"我以为他嫌少,拿几毛换一块圆钱再给他,可是他还是"给我钱做什么?"更高声的抗议。你再说也是白费,因为他有他的理性。吃谁家的饭就该为谁家做事,给我钱做什么?

但他并不是主义的不收钱。镇上别人家有丧事喜事来叫他去帮忙的,做完了有赏封什么给他,他受。"我今天又'摸了'钱了。"他一回家就欣欣地报告他的伙伴。他另有一种能耐,几乎是专门的,那叫作"赞神歌"。谁家许了愿请神,就非得他去使开了他那不是不圆润的粗嗓子唱一种有节奏有顿挫的诗句赞美各种神道。奎星,纯阳祖师,关帝,梨山老母,都得他来赞美。小孩儿时候我们最爱看请神,一来热闹,厅上摆得花绿绿点得亮亮的,二来可以借口到深夜不回房去睡,三来可以听家德的神歌。乐器停了他唱,唱完乐又作。他唱什么听不清,分得清的只"浪溜圆"三个字,因为他几乎每开口必有浪溜圆。他那唱的音调就像是在厅的顶梁上绕着,又像是暖天细雨似的在你身上匀匀地洒,反正听着心里就觉得舒服,心一舒服小眼就闭上,这样极容易在妈或是阿妈的身上靠着甜甜地睡了。到明天在床里醒过来时耳边还绕着家德那圆圆的甜甜的浪溜圆。家德唱了神歌想来一定到手钱,这他也不辞,但他更看重的是他应分到手的一块祭肉。肉太肥或太瘦都不能使他满意,"肉总得像一块肉。"他说。

"家德,唱一点神歌听听。"我们在家时常常央着他唱,但他总是板着脸回说:"神歌是唱给神听的。"虽则他有时心里一高兴或是低着头做什么手工他口里往往低声在那里浪溜他的圆。听说他近几年来不唱了。他推说忘了,但他实在以为自己嗓子干了,唱起来不能原先那样圆转如意,所以决意不再去神前献丑了。

他在我家实在也做不少的事。每天天一亮他就从他的破烂被窝里爬起身。一重重的门是归他开的,晚上也是他关的时候多。有时老妈子不凑手他就帮着煮粥烧饭。挑行李是他的事,送礼是他的事,劈柴是他的事。最近因为父亲常自己烧檀香,他就少劈柴,多劈檀香。我时常见跨坐在一条长凳上戴着一副白铜边老花眼镜伛着背细细地劈。"你的镜子多少钱买的,家德?""两只角子。"他头也不抬地说。

我们家后面那个"花园"也是他管的。蔬菜,各样的,是他种的。每天浇,摘去焦枯叶子,厨房要用时采,都是他的事。花也是他种的,有月季,有山茶,有玫瑰,有红梅与蜡梅,有美人蕉,有桃,有李,有不开花的兰,有葵花,有蟹爪菊，有可以染指甲的凤仙，有比鸡冠大到好几倍的鸡冠。关于每一种花他都有不少话讲：花的脾，花的胃，花的颜色，花的这样那样。梅花有单瓣双瓣，兰有荤心素心，山茶有家有野，这些简单，但在小孩儿时听来有趣的知识，都是他教给我们的。他是博学得可佩服。他不仅能看书能写，还能讲书，讲得比学堂里先生上课时讲的有趣味得多。我们最喜欢他讲《岳传》里的岳老爷。岳老爷出世，岳老爷归天，东窗事发，莫须有三字构成冤狱，岳雷上坟，朱仙镇八大锤——唷，那热闹就不用提了。他讲得我们笑，他讲得我们哭，他讲得我们着急，但他再不能讲得使我们瞌睡，那是学堂里所有的先生们比他强的地方。

也不知是谁给他传的，我们都相信家德曾经在乡村里教过书。也许是实有的事，像他那样的学问在乡里还不是数一数二的。可是他自己不认。我新近又问他，他还是不认。我问他当初念些什么书。他回一句话使我吃惊。他说我念的书是你们念不到的。那更得请教，长长见识也好。他不说念书，他说读书。他当初读的是《百家姓》《千字文》《神童诗》——还有呢？还有酒书。什么？酒书，他说。什么叫酒书？酒书你不知道，他仰头笑着说，酒书是教人吃酒的书。真的有这样一部书吗？

他不骗人，但教师他可从不曾做过。他现在口授人念经。他会念不少的经，从《心经》到《金刚经》全部，背得溜熟的。

他学念佛念经是新近的事。早三年他病了，发寒热。他一天对人说怕好不了，身子像是在大海里浮着，脑袋也发散得没有个边，他说。他死一点也不愁，不说怕。家里就有一个老娘，他不放心，此外妻子他都不在意。一个人总要死的，他说。他果然昏晕了一阵子，他床前站着三四个他的伙伴。他苏醒时自己说，"就可惜这一生一世没有念过佛，吃过斋，想来只可等待来世的了。"说完这话他又闭上了眼仿佛是隐隐念着佛。事后他自以为这一句话救了他的命，因为他竟然又好起来了。从此起他就吃上了净素，开始念经，现在他早晚都得做他的功课。

我不说他到我们家有十几年了吗？原先他在一个小学校里做当差。我做学生的时候他已经在。他的一个同事我也记得，叫矮子小二，矮得出奇，而且天生是一个小二的嘴脸。家德是校长先生用他进去的。他初起工钱每月八百文。后来每年按加二百文，一直加到二千文的正薪，那不算少。矮子小二想来没有读过什么洒书，但他可爱喝一杯两杯的，不比家德读了洒书倒反而不喝。小二喝醉了回校不发脾气就倒上床，他的一份事就得家德兼做。后来矮子小二因为偷了学校的用品到外边去换钱使发觉了被斥退。家德不久也离开学校，但他是为另一种理由。他的是自动辞职，因为用他进去的校长不做校长了，所以他也不愿再做下去。有一天他托一个乡绅到我们家来说要到我们家住，也不说别的话。从那时起家德就长住我们家了。

他自己乡里有家。有一个娘，有一个妻，有三个儿子，好的两个死了，剩下一个是不好的。他对妻的感情，按我妈对我说，是极坏。但早先他过一时还得回家去，不是为妻，是为娘，也为娘他不能不对他妻多少耐着性子。但是谢谢天，现在他不用再耐，因为他娘已经死了。他再也不回家去，积了一些钱也不再往家寄。妻不成材，儿子也没有淘成，他养家已有三十多年，儿子也近三十，该得担当家，他现在不管也没有什么亏心的了。他恨他妻多半是为她不孝顺他的娘，这最使他痛心。他妻有时到镇上来看他问他要钱，他一见她的影子都觉得头痛，她一到他就跑，她说话他做哑巴，她闹他到庭心里去伏在地下劈柴。有一回他接他娘出来看迎灯，让她睡他自己的床，盖他自己的棉被，他自己在灶边铺些稻柴不脱衣服睡。下一天他妻也赶来了，从厨房的门缝里张见他开着笑口用筷捡一块肥肉给他脱尽了牙翘着个下巴的老娘吃。她就在门外大声哭闹。他过去拿门给堵上了,捡更肥的肉给娘,更高声地说他的笑话,逗他娘和厨下别人的乐。晚上他妻上楼见他娘睡家德自己的床,盖他自己的被,回下来又和他哭闹——他从后门往外跑了。

他一见他娘就开口笑,说话没有一句不逗人乐。他娘见他乐也乐,翘着一个干瘪下巴眯着一双皱皮眼不住地笑,厨房里顿时添了无穷的生趣。晚上在门口看灯,家德忙着招呼他娘,端着一条长凳或是一只方板凳,半抱着她站上去,连声地问看得见了不,自己躲在后背双手扶着她防她闪,看完了灯他拿一只碗到巷口去买一碗大肉面烫一两烧酒给他娘吃,吃完了送她上楼睡去。"又要你用钱,家德。"他娘说。"喔,这算什么,我有的是钱!"家德就对他娘背他最近的进益,黄家的丧事到手三百六;李家的喜事到手五角小洋;还有这样那样的,尽他娘用都用不完,这一点点算什么的!

家德的娘来了,是一件大新闻。家德自己起劲不必说,我们上下一家子都觉得高兴。谁都爱看家德跟他娘在一起的神情,谁都爱听他母子俩甜甜的谈话。又有趣,又使人感动。那位乡下老太太,穿紫棉绸衫梳元宝髻的,看着她那头发已经斑白的儿子心里不知有多么得意。就算家德做了皇帝,她也不能更开心。"家德!"她时常尖声地叫,但等得家德赶忙回过头问:"娘,要啥?"她又就只眯着一双皱皮眼甜甜地笑,再没有话说。她也许是忘了她想着要说的话,也许她就爱那么叫她儿子一声。这来屋子里人就笑,家德也笑,她也笑,家德在他娘的跟前,拖着早过半百的年岁,身体活灵得像一只小松鼠,忙着为她张罗这样那样的,口齿伶俐得像一只小八哥,娘长娘短地叫个不住。如果家德是个皇帝,世界上绝没有第二个皇太后有他娘那样的好福气。这是家德的伙伴们的思想。看看家德跟他娘,我妈比方一句有诗意的话,就比是到山楼上去看太阳——满眼都是亮。看看家德跟他娘,一个老妈子说,我总是出眼泪,我从来不知道做人会得这样的有意思。家德的娘一定是几世前修得来的。有一回家德脚上发流火,走路一颠一颠地不方便,但一走到他娘的跟前,他立即忍了痛僵直了身子放着腿走路,就像没有病一样。家德你今年胡须也白了,他娘说。"人老的好,须白的好:娘你是越老越清,我是胡须越白越健。"他这一插科他娘就忘了年岁忘了愁。

他娘已在两年前死了。寿衣,有绸有缎的,都是家德早在镇上替她预备好了的。老太太进棺材还带了一支重足八钱的金押发去,这当然也是家德孝敬的。他自从娘死过,再也不回家,他妻出来他也永不理睬她。他现在吃素,念经,每天每晚都念——也是念给他娘的。他一辈子难得花一个闲钱,就有一次因为妻儿的不贤良叫他太伤心了,他一气就"看开"了。他竟然连着有三五天上茶店,另买烧饼当点心吃,一共花了足足有五百钱光景,此外再没有荒唐过。前几天他上楼去见我妈,手筒着手,兴匆匆地说,"太太,我要到乡下去一趟。""好的。"我妈说,"你有两年多不回去了。""我积下了一百多块钱,我要去看一块地葬我娘去。"他说。

无题（因为没有故事）

老舍

人是为明天活着的，因为记忆中有朝阳晓露；假若过去的早晨都似地狱那么黑暗丑恶，盼明天干吗呢？是的，记忆中也有痛苦危险，可是希望会把过去的恐怖裹上一层糖衣，像看着一出悲剧似的，苦中有些甜美。无论怎说吧，过去的一切都不可移动；实在，所以可靠；明天的渺茫全仗昨天的实在撑持着，新梦是旧事的拆洗缝补。

对了，我记得她的眼。她死了好多年了，她的眼还活着，在我的心里。这对眼睛替我看守着爱情。当我忙得忘了许多事，甚至于忘了她，这两只眼会忽然在一朵云中，或一汪水里，或一瓣花上，或一线光中，轻轻地一闪，像归燕的翅儿，只需一闪，我便感到无限的春光。我立刻就回到那梦境中，哪一件小事都凄凉，甜美，如同独自在春月下踏着落花。

这双眼所引起的一点爱火，只是极纯的一个小火苗，像心中的一点晚霞，晚霞的结晶。它可以烧明了流水远山，照明了春花秋叶，给海浪一些金光，可是它恰好地也能在我心中，照明了我的泪珠。

它们只有两个神情：一个是凝视，极短极快，可是千真万确的是凝视。只微微地一看，就看到我的灵魂，把一切都无声地告诉了给我。凝视，一点也不错，我知道她只需极短极快地一看，看的动作过去了，极快地过去了，可是，她心里看着我呢，不定看多么久呢；我到底得管这叫作凝视，不论它是多么快，多么短。一切的诗文都用不着，这一眼道尽了"爱"所会说的与所会做的。另一个是眼珠横着一移动，由微笑移动到微笑里去，在处女的尊严中笑出一点点被爱逗出的轻佻，由热情中笑出一点点无法抑止的高兴。

我没和她说过一句话，没握过一次手，见面连点头都不点。可是我的一切，她知道；她的一切，我知道。我们用不着看彼此的服装，用不着打听彼此的身世，我们一眼看到一粒珍珠，藏在彼此的心里；这一点点便是我们的一切，那些七零八碎的东西都是配搭，都无须注意。看我一眼，她低着头轻快地走过去，把一点微笑留在她身后的空气中，像太阳落后还留下一些明霞。

我们彼此躲避着，同时彼此愿马上搂抱在一处。我们轻轻地哀叹；忽然遇见了，那么凝视一下，登时欢喜起来，身上像减了分量，每一步都走得轻快有力，像要跳起来的样子。

我们极愿意说一句话，可是我们很怕交谈，说什么呢？哪一个日常的俗字能道出我们的心事呢？让我们不开口，永不开口吧！我们的对视与微笑是永生的，是完全的，其余的一切都是破碎微弱，不值得一做的。

我们分离有许多年了，她还是那么秀美，那么多情，在我的心里。她将永远不老，永远只向我一个人微笑。在我的梦中，我常常看见她，一个甜美的梦是最真实，是纯洁，最完美的。多少多少人生中的小困苦小折磨使我丧气，使我轻看生命。可是，那个微笑与眼神忽然地从哪儿飞来，我想起唯有"人面桃花相映红"差可托似的一点心情与境界，我忘了困苦，我不再丧气，我恢复了青春；无疑地，我在她的洁白的梦中，必定还是个美少年呀。

我们来日方长

春在燕的翅上,把春光颤得更明了一些,同样,我的青春在她的眼里,永远使我的血温暖,像土中的一颗籽粒,永远想发出一个小小的绿芽。一粒小豆那么小的一点爱情,眼珠一移,嘴唇一动,日月都没有了作用,到无论什么时候,我们总是一对刚开开的春花。

不要再说什么,不要再说什么!我的烦恼也是香甜的呀,因为她那么看过我!

图书在版编目(CIP)数据

日子不慌不忙，我们来日方长 / 季羡林等著. -- 北京：中国致公出版社，2022（2023.12重印）
ISBN 978-7-5145-2007-1

Ⅰ.①日… Ⅱ.①季… Ⅲ.①散文集－中国－现代②散文集－中国－当代 Ⅳ.①I266

中国版本图书馆CIP数据核字（2022）第147910号

日子不慌不忙，我们来日方长 / 季羡林等著
RIZI BU HUANG BU MANG, WOMEN LAIRI-FANGCHANG

出　　版	中国致公出版社
	（北京市朝阳区八里庄西里100号住邦2000大厦1号楼西区21层）
发　　行	中国致公出版社（010-66121708）
责任编辑	贺长虹　雷　琛
监　　制	黄　利　万　夏
特约编辑	曹莉丽　鞠媛媛　高　翔
营销支持	曹莉丽
责任校对	邓新蓉
装帧设计	紫图装帧
内文插图	陈椿词
责任印制	邢雪莲
印　　刷	艺堂印刷（天津）有限公司
版　　次	2022年9月第1版
印　　次	2023年12月第4次印刷
开　　本	880毫米×1230毫米　1/32
印　　张	9
字　　数	126千字
书　　号	ISBN 978-7-5145-2007-1
定　　价	55.00元

（版权所有，违者必究，举报电话：010-82259658）
（如发现印装质量问题，请寄本公司调换，电话：010-82259658）

Записные книжки